歴史の周縁から

先鋒派作家

格非、蘇童、余華の小説論

森岡優紀

東方書店

歴史の周縁から——先鋒派作家格非、蘇童、余華の小説論❖目次

はじめに 1

第一部　先鋒派のはじまり

第二部　先鋒派と記憶

はじめに

一　格非、蘇童、余華

中国の一九八〇年代後半、前衛的な作品を書き、一躍有名になった若い小説家達がいた。(1) 現在、彼らは既に中堅の作家として活躍しており、その作風もデビュー当時とはかなり異なっている。しかし、彼らがデビュー当時に行った中国の近代文学の在り方自体を問い直す試みは、今尚、中国近現代文学史において有効性を失っていない。本書で取り上げるのは、中国で前衛的な作品を書き、「先鋒派」と呼ばれた作家たちのなかでも、代表的な作家である蘇童、余華、格非の三人である。中国では、彼らはその作品が映画化されるなど既に誰もが知る有名作家となっており、現在も旺盛な創作活動を行っている。

まず、三人の作家の経歴を紹介してみよう。格非（かくひ、クーフェイ）は一九六四年に江蘇省の丹徒に生まれた。格非の出身地の「丹徒」は「赤い囚人」という意味であり、秦代から囚人が赤く頭を塗られて送られてくる土地であった。中国のなかでも温暖な気候に恵まれ、比較的発展した地域である江蘇省において、格非の生まれた農村だけが取り残されたように遅れていたという。電気もなく、テレビもなく、そしてきちんとした公立小学校さえもなかった。小学校の先生は全て労働階級の「出身の良い」農民であり、一冊しかない薄い教科書を使って、幾つかの文字を教える程度のものであった。実は当時でも英語にまで精通した「出身の悪い」地主階級は存在していたのである。しかし文化大革命の最中、そのような出身の悪い地主階級が教師となる資格はなく、文字を知らない出身の良い農民たちが教師であった。

蘇童（そどう、スートン）は一九六三年に江蘇省の蘇州で、四人兄弟の末っ子として生まれた。四人の子供を抱える彼の家庭は食べていくのに精いっぱいであった。しかし当時の中国において、このような家庭は珍しくなかった。彼の父は公務員であり、彼の母はセメント工場で働いていたが、二人の収入を合わせても僅かしかなく、それで家族六人を養わなければならなかった。蘇童は母親の思い出について次のように書いている。「ある日、母が醤油屋に塩を買いに行った時に五元を落として、一日中五元の行方を探していたことがあった。母が徹底的に絶望した時、母の悲しい泣き声が耳に届いた。私は母に言った。泣かないで、僕が大きくなったら、百元を稼いでお母さんにあげるからと。こう言ったのは私がたったの七、八歳ぐらいになった頃だった。私は早熟で機敏だったようである。それは母の慰めとなったが、我々の生活には全く救いにはならなかった[2]」。

余華（よか、ユイ・ホア）は一九六〇年に杭州で生まれ、生後まもなくして、家族は杭州の近くの海塩という小さな町に移り住んだ。医科大学を卒業した父は防疫所に勤めていたが、外科医として働くことができる小さな町、海塩に引っ越してきたのであった。余華は小さい頃とてもいい子だった。父母は常に多忙で、余華と二つ上の兄を家に閉じ込めて仕事へと出かけた。余華が四つになると、幼稚園から自分で帰れるようになった。迎えに来た兄が弟を家まで連れて帰るはずであったが、帰る途中でいつも弟の存在を忘れてしまうのであった。余華がいくら待っても兄は帰って来ず、仕方がなく一人で家に帰った。

彼らの子供時代はちょうど文化大革命前後に当たっている。一九六〇年代当時の中国において、一般的な家庭はまだ貧しく、父母は経済的にも時間的にも余裕がなく、日々の暮らしに汲々としていた。そのため、一般家庭の大半の子供たちは恵まれた家庭環境もなく、整った教育も受けられずに放任されて育った。

やがて時代は文化大革命へと突入していく。ちょうど彼らの小学校時代が文革に当たっている。まだ幼い彼らは特に何も考えず、ただその時代の雰囲気に慣れ親しんで育った。日常のなかで文革中に起こる出来事を経験しながらも、当時はその意味がよくわからなかったという。蘇童は「街の壁は、いたるところに標語とスローガンだらけだった。現代の子供に読んで聞かせると、むちゃくちゃで意味不明であるが、当時はどの子供も耳に馴染んで暗記できたものであった。私が生涯で初めて書いた完全な文は、全て街頭で目にしたものであった。そのなかのある一言が特別な抑揚があったことを覚えている。それは『革命委員会好！』であった。当時の子供は就学前に教育を受けておらず、また今のように広告とテレビ文化の薫陶も受けていなかった。町中の標語とスローガンで文字を覚えることを知り、どんな愚鈍な子でも『万歳』と『打倒』の二字は書けたものであった」[3]と語っている。

余華も当時最も興味をもって読んだのは、「壁新聞」であったという。「毎日、学校が終わって家への帰り道で、私は壁新聞の前で一時間あまり時間を潰した。七〇年代も半ばに達しており、壁新聞はいってみれば全て誹謗中傷であった。私は、私の知り合いがどのような悪辣な言葉で互いに罵りあうのか、出鱈目な噂を作って互いに相手を中傷するのかを見た。（中略）壁新聞の時代、人の想像力は最大限に引き出され、そこに文学の全ての方法が発揮された。虚構、誇張、比喩、風刺など……全てが出尽した。これは最初に接触した文学であり、大通りに貼れば貼るほどますます厚くなっていく壁新聞の前で、私は文学が好きになった」[4]。余華が小学校を卒業する時、図書館が外に向かって解放された。余華はそこから長編小説を借りてきて何度も何度も読んだ。これらの長編小説は、所謂革命に関するプロパガンダ小説であった。

彼らの子供時代は決して恵まれた教育環境が整っていたとはいえない。しかし、彼らは小学生という年齢の低さから、文革中のさまざまな政治運動に参加した経験は持ってない。蘇童は自らの小学校時代に経験した文革体験について次のように語っている。「六〇年代生まれとは、多くの政治運動の災難から逃れ、またこの災難に対して、ぼんやりとした奇妙な記憶があるということを意味している。その時はなんといっても子供であり、子供は外の世界に対して道徳的な判断を全くすることなく、彼らの暴力に対する興味の半分は、当時の教育に導かれたものであり、半分は天性から出たものであった。私が小学校の時に、中学のお兄さんやお姉さんが、一人の女性教師を机と椅子で積み上げた『山』に登らせて、底のほうから机を引っこ抜くと、女教師が山頂から床に転げ落ちたという話を聞いたのを覚えている。私はこの残酷な一幕を自分の目で見たわけではないが、この女性教師を知っていた。後に私が中学に上がった時、彼女をよく見かけた。彼女の顔は忘れがたい。それは彼女の顔には、濃い紫に黒ずんだあざがこんなに何年たっても残っていたからである」(5)。

蘇童は自らの世代について「部外者であり、せいぜい目撃者か傍観者である」と述べ、「私は一人の傍観した子供として、誰も私に罪を言い渡すことはできない。それは自分自身も含めてである。これは私が一九六三年生まれとして彼らよりも気楽で堂々としている原因の一つであり、また『文革』について何も知らない七〇年代生まれより複雑で世故に富んでいる原因の一つである。(中略) 六〇年代生まれは、中国社会で前を継承して後へとつなぐ一世代であるが、まさに周縁化された世代なのである」(6)と語っている。

そして、彼らが高校に進学する頃には文革も既に終息しており、大学も復活していた。文革が終了すると社会のさまざまな制度や機能が回復し始め、大学入試も復活する。一世代上の知識青年世代は文革中に農村へ出かけて労働し、大切な高校や大学時代を無駄に費やした。そのため文革後に優秀な者が都会へ戻ってくると、積極的に文革批判を行い、荒廃した社会の復旧の任務を担っていった(7)。一世代前の知識青年世代に比べると、六〇年代世代(一九六〇年代に生れた世代を指す)は政治運動の犠牲は払っていない世代である。

格非は一九八一年に上海の華東師範大学の中文系(国文科)に入学する。同じく蘇童は一九八〇年に北京師範大学の中文系に入学した。彼らが大学に入学すると別世界が開けていた。八〇年代前半は新時期文学の全盛期であり、外国の文化や文学が大量に中国へもたらされた時期でもあった。彼らはこの時期に外国文学を本格的に吸収して、試作的な小作品を創作し始める。

それらの試作的な小説は雑誌に掲載されるなど多少は認められるものの、彼らは子供の頃に読んだプロパガンダ小説の作風を抜け出せずに苦戦していた。しかし突然、このような苦しみから抜け出して、自らの感覚を表現できる作品を創作するようになる。一九八四年一〇月に、蘇童はそれまで発表した小作品とは全く異なる作風の、短編小説『桑園の追憶（桑園留念）』を書き上げる。(8) 余華も『十八歳の旅立ち（十八歳出門遠行）』を発表する。この作品は、余華が一九八五年にカフカの『村医者』という文集に感銘を受けて、一晩で書きあげた作品である。(9) また格非は『烏攸先生を追憶す（追憶烏攸先生）』が創作の原点となった。この作品は、一九八五年に格非が大学の方言調査の旅行に参加し、その帰りの列車のなかで書きあげた作品である。格非はこれを発表するつもりはなかったが、偶然に『中国』の雑誌編集者王中忱氏（現在、清華大学）に才能を見出されて、雑誌に掲載された。

「先鋒派」の代表作家、蘇童、余華、格非は、作品を発表し始めたデビュー当時には個人的な交流はなく、お互いの作品もあまり読んでいなかった、しかし、実は彼らの経歴には共通点が多い。三人はいずれも一九六〇年代生まれであり、彼らがちょうど小学校の頃に文化大革命が始まった。まだ幼い彼らは文化大革命とは何かを知る由もなかったが、彼らを取り巻く環境は知らず知らずのうちに変化していった。そして、文革が終わった後の一九八〇年代に、彼らは中学高校時代を迎えた。革命文学にしか触れることができなかった子供の頃とは異なり、改革開放の流れに従って一気に翻訳された、多くの外国文学に触れるのもこの時期である(10)。このような多感な青春時代に外国文学に触れることができた体験は、後に彼らの創作活動の原点となった。大学入学後に創作活動を始め、三十歳前後から本格的な作家活動を始める。そして彼らは非常に良く似た過程を辿って自分の感覚を表現できるような新しい小説を創作していったのである。

このように、彼らはそれぞれが交流を持ったわけではない。しかし、同じ世代に生まれているために生活環境が類似している。このような世代的な体験は個々の作家の個人的体験を越えて、彼らの作品の底に流れるある種の共通性を生み出している(11)。

二　中国近代文学史における「先鋒派」

ここで格非の初期作品『時間を渡る鳥たち（褐色鳥群）』を例に挙げて、中国において「前衛」とは何を意味するのかについて考えてみたいと思う。この作品は実験的な色彩が強く、奇妙で美しい小説世界を表現している。

主人公「僕」は、この小説の作者である「格非」と同じ名前となっており、「水辺」という時間が歪んだ不思議な場所で著作に励んでいる。ある日、棋という名前の女性が「僕」のところに訪ねてくる。棋のほうは「僕」のことをよく知っているが、「僕」は彼女について全く思い出せず、記憶喪失に陥ったかのような不思議な感覚に襲われる。彼女は「僕」に昔のことを思い出させようとやっきになり、思い出話を迫る。そこで、「僕」はある美しい女性との出会いを語りはじめる——。

それは、ある四月の雪混じりの風が吹く日。僕は町で見かけた美しい女性の歩く姿に魅せられて、女性を乗せたトロリーバスを自転車で追って郊外まで来てしまう。僕の自転車はチェーンが外れたり、路肩から滑り落ちて溝にはまったりして、女性を見失いかける。どうにか彼女が橋を渡るのを見届けるが、僕は橋のたもとまで行き着いたところで、彼女の姿を見失ってしまう。日はとっぷり暮れており、僕はおぼつかない足取りで自転車をひきずって橋を渡るものの、橋の真ん中まで来ると、その向こう側がなくなっているのに気付いて愕然とする。ふと後ろを振り返ると、一人の老人がカンテラをもって現れ、この橋の先は二十年前に流されたっきり修繕されてなく、さっきから誰も渡っていないという。

その数年後、僕は郊外のホテルで長編小説を執筆中に、その美しい女性と偶然再会する。彼女の主人は飲んだくれで、常に暴力をふるう男だった。ある日、僕は酒屋で飲んだくれた夫を捜しにきた彼女とともに、彼女の夫を背負って家まで送りとどける。その時、僕が彼女を以前に市内で見かけたことがあると言うと、彼女は十歳以来一度も市内に出かけたことがないと答える。話が壊れた橋に及ぶと、ある吹雪の晩、夫がカンテラを提げて橋のあたりを通りかかった時に、ゴム靴と自転車のタイヤの跡を見つけ、そしてその翌朝に河から若い男の死体と自転車が上がったという話を、彼女は以前に聞いたことがあると言った。

棋は「僕」のこの思い出話を聞いて満足して帰っていった。そしてその後、「僕」は棋に再会する。しかし、今度は棋のほうが「僕」のことを全く知らないのである。

この小説ではそれぞれの人物の存在する時空と記憶が微妙にずれている。例えば、「僕」は棋を全く知らないが、棋は「僕」のことをよく知っている。しかし再会のときは、反対に「僕」が棋のことを覚えているのに対し、棋は「僕」のことを全く知らないと言う。また「僕」は市内で美しい女性を見かけて跡を追い、数年後に彼女と再会するが、彼女は子供の頃以来市内には行ったことがないと言う。かわりに彼女は河で若い男の死体と自転車が上がったという話を聞いたと話した。それぞれの人物の記憶は微妙に食い違い、ずれている。まるで個々の人物はお互いに別々の次元の世界で生活しており、お互いの体験を共有することができないかのようである。

なぜ格非らは、中国の一九八〇年代後半においてこのような前衛的な作品を創作したのだろうか。また、彼らの前衛性は中国文学史においてどのような意味を持っているのであろうか。

ある意味、先の格非の小説に見られる前衛性は、一九四九年の中華人民共和国成立後に、長く中国文学を支配してきた「リアリズム」の桎梏からの解放という意味を持っていた。中国の社会主義リアリズムで描かれた小説は、一般的に英雄的な人物である主人公が、抗日戦争や国民党との内戦などの時代背景のなかで、革命の敵と戦い勝利するといった筋で描かれている。この場合、まず主人公がいる時代的な背景が描かれる。主人公を含む登場人物たちがこの時代背景の中で、どのような社会的属性や思想を持ち、どのような事件に参加し、どのような成果を上げていくのかが明確に示される。更に小説の筋も政治的イデオロギーに則って構成される。これらの社会主義リアリズム小説と比べると、格非の小説の背景はいつの時代のどこなのかもはっきりと示されず、主人公の社会的属性に関しても何も書かれていない。また小説の筋も、ある一つの出来事が発展していき、クライマックスに至り、結末を迎えるという起承転結がまるでない。小説の結末は突然訪れて、何か明確な結論はない。つまり、前衛小説とはリアリズム小説の対極にある小説と言えるのである。

中国において、「リアリズム」は文学のみならず、現実社会のなかでも重要な意味を持ってきた。それは近代中国において、芸術と政治が非常に密接に結びついていたことに拠っている。中国の名門大学である復旦大学で、中国文学を教える陳思和は中国のリアリズム小説を二つに分類できると論じている。一つめのリアリズムは一九二〇年代に五四新文化運動のなかで、近代的知識人が伝統的社会と葛藤し抗うなかから産みだされたもので、中国近代の思想的基層を形成するのに大きな役割を果たした。つまり、リアリズム文学は社会問題として提起すべきさまざまな「現実」をリアルに描きだすことで、民衆の社会への関心を高めていく目的をもって開始したのであった。このように中国近代小説の始まりは、政治的な目的で文学を利用するという中国の伝統的な効用的文学観を受け継いで誕生した。そのため一九二〇年代のリアリズムは、一九三〇年代にソ連の社会主義リアリズムを受容する基盤となった。一九三〇年代からの社会主義リアリズムは、その後の一九四〇年代に毛沢東が延安で行った「文芸講話」、つまり全ての文芸は政治に奉仕するべきであるという考え方へと繋がっていった。このように、リアリズム小説によって「現実を描く」ことは、誰がどのような政治的立場に立って、どのような「現実」を描くべきかという問題と直結していた。一九四九年の中華人民共和国成立以後、中国共産党が政権を執ると、文芸は政治に奉仕する手段でしかなくなり、より一層政治的色彩が強まっていった。つまり、共産党の立場から描かれた「現実」しか、「現実」であると認められることはなくなったのである。

もちろん、絶対的な「現実」は存在するわけがなく、実際に作家が立つ立場や世界観によって「異なる現実」が同時に描かれることになる。しかし、もし作家が「異なる現実」を描くと、政治運動で反革命分子として粛清されるという運命が待ち受けていた。政治闘争の過程で、数多くの著名な評論家や作家たちは葬り去られた。その極みは文化大革命であり、リアリズムの手法で描かれた芸術はすでに硬直化し、政治的な磁場のなかでプロパガンダ的な役割を果たすのみになってしまっていた。

文革後、芸術が政治的な弾圧から解放されることによって、ようやく硬直化した社会主義リアリズムに対するさまざまな批判が噴出した。ちょうど文革時代が青春時代に当たる世代（知識青年の世代）は、改革開放の波に乗って入ってきた西洋のヒューマニズムなどの思想を吸収して、一斉に文革批判を始めた。しかし批判は小説の内容に対して行われたものであり、小説世界をかたちづくる基盤となっている小説の形式そのものに対してではなかった。

これが八〇年代半ばになると、小説形式に着目し、小説が現実を映し出す仕組み自体への批判が沸き起こる。それを初めて行ったのが馬原の「叙述革命」である。先鋒派作家に先立ち、八〇年代半ばに現れた作家、馬原は、読者に「小説が現実を反映する」仕組み自体に疑問を呈し、それをメタフィクションなどの方法によって暴露したのである。それでは、彼の小説『虚構』を例にこのメタフィクションの手法をみてみよう。(12)

私はあの馬原という漢人だ。私が小説を書いているのだ。(中略)実際、私は他の作家と本質的な違いはなく、私も他の作家と同じように何かを観察する必要があり、その観察の結果を借りて話をでっちあげているのだ。天馬が空を駆けるようなストーリーを作ろうとしても、前提としてせめて馬と空が必要である。

近代の小説世界は「語り」(地の文)を通して構築されているが、この「語り」を隠すこと(「語り手の隠蔽」)によって、小説世界を「現実」そのものとして読者に見せている。メタフィクションという手法は、リアリズムの小説における小説世界に対する語り手、つまり小説の「枠組み」を白日のもとに晒し、読者に注意を促すという手法であった。

この仕組みは映画に例えてみるとわかりやすい。観客は映画を見るときに、映画のなかで起こった出来事を「本当」のように感じる。しかし、これは撮影しているカメラが映画のなかに映っていないためである。メイキング・ビデオなどで撮影現場を見てしまうと、映画のなかの出来事が一挙にリアリティを失ってしまう。小説において、「語り」（地の文）はこの「撮影カメラ」のような機能を果たしている。つまり、リアリズムの小説は、撮影カメラの存在を隠すことで、スクリーンのなかの世界が実在するように観衆に思わせる仕組みと同じような手法でもって描かれている。

例えば、ここで中国で著名な作家、老舎の書いた『駱駝の祥子』の一節を引用してみよう。(13) この一節は、人力車引きである祥子が遂に自分の人力車を手に入れた場面である。

この車をもって以来、彼はまえにもまして張りのある毎日をすごすようになった。なにしろ、お抱えにせよ、辻待ちにせよ、「損料」のことで毎日いらいらしなくても、稼いだだけすっかり自分のふところにはいるようになったのだ。屈託することがなければ、人につんけんすることもなくなり、自然商売もとんとん拍子にうまくいくようになった。半年もするうち、彼の望みはさらにふくらんできた。この調子でいけば、二年、いや長くて二年もすれば、また車を買いたせるぞ。一台、二台、三台……おれだって車宿の親方になれるぞ。

しかし、希望というものは、えてしてむなしくおわるものである。祥子とて例外ではなかった。

最後の一句は、小説世界を全て知り尽くした神の位置から、読者に祥子のその後の運命を予測させ、小説世界に対する情報を与えるものである。しかし、読者はその「語り」がどのような立場や視点をもって行われたのかについて考えることはない。一般的な読者は小説世界に目が向けられてため、語り手の存在には注意を向けることがないからである。そこで読者は、小説の世界の「枠組み」自体に対して疑問に思うことなく、無意識のうちに小説世界のなかの現実（歴史）を、実際の社会のなかで起こっている現実として認識してしまうことになるのである。つまり、文学によるイデオロギーの再生産は、リアリズム小説の叙述における「語り手の隠蔽」と密接な関係がある。言い換えれば、これまでに描かれてきた革命の「現実」（「歴史」）はこの方法を通して描かれてきたのである。

先の格非の初期作品、『時間を渡る鳥たち』に話を戻すと、この小説においては、それぞれの作中人物の「現実」が微妙にずれている。しかも小説中には、どの人物が経験した事が「真実」なのかは示されていない。そのため格非の小説では、個々の人物によって個々の「現実」がばらばらに存在しており、それが統合されて一つの「現実」を構成することはない。そして、格非の小説においては、この「統合されることのない現実」自体がテーマとなっている。つまり、「先鋒派」の始まりは、小説が絶対的な「現実」を描き出すという考え方自体の不可能性を暴くことにあり、これを実際の小説作品を通して「実践」したのであった。

馬原の叙述革命の成功は文壇における先鋒派の登場の後押しとなり、先鋒派作家は一九八七年前後から作品を有名な全国誌に発表し始める。(14) 例えば、蘇童の『桑園の追憶』は色々な雑誌をまわされた末、『北京文学』に掲載されたのは三年後の一九八七年である。余華の『十八歳の旅立ち』も『北京文学』の一九八七年一期に掲載されている。その他に、蘇童『一九三四年の逃亡（一九三四年的逃亡）』と余華『四月三日の事件（四月三日事件）』が『収穫』の一九八七年五期に、格非の『迷舟』も『収穫』の一九八七年八期に掲載された。

その後、一九九〇年代に至ると、中国の文学状況はかつて見られなかったような大きな変化が起こる。[15]陳思和は「あらためて文学史を書く運動（重写文学史運動）」の推進者であり、この変化を「共名」から「無名」への変化と説明している。

先鋒文学を、八〇年代の文学状況から九〇年代の文学状況へと転化する契機とみなすことができ、その出現によって従来の文学の構図と文学の傾向が変化した。八〇年代前半、文化界の啓蒙主義、人道主義思潮は五四時期のような圧倒的かつ主潮的な言説を形成するまでには到らなかったが、準共名のような状態に達しようとする傾向はかなり強かった。（中略）先鋒小説はまさに統一的な世界像と文学の構図を破壊しようと努めた。この過程を経て、文学は九〇年代の個人的な創作と個人的な叙述の「無名」状態へと突入した。[16]

中国文学の情況はほぼ「共名」の状態にあったと、彼は語っている。「共名」とは聞きなれない用語であるが、陳思和の造語である。「共名」とは、社会における言論活動の全てがその時代に解決すべき課題に集中している状態を指している。例えば、五四時代には「民主と科学」「反帝国主義・反封建主義（反帝反封建）」、五、六〇年代には「階級闘争」等のスローガンを挙げることができる。五四時代の一九二〇年代前後は、辛亥革命でようやく中華民国を成立させた中国が、儒教などの伝統的な文化を否定し、民主主義と科学思想に代表される西洋文明を普及しようとした時期に当たっている。また一九一九年、日本が中国に「二十一か条の要求」を突き付けると、帝国主義の侵略に抵抗した民衆によって五四運動が起きた。中国社会全体がこの時代の課題を解決するために動き、文学や文芸評論等も「民主と科学」「反帝国主義・反封建主義」をスローガンにして、総動員で民衆に訴えかけて関心を抱かせ、問題を解決する使命を負った。そのため、さまざまな政治・社会問題を抱える中国において、つい最近の一九八〇年代までは、それぞれの時代に社会全体を支配する一つのスローガンが存在している状態にあった。そして文革後の新時期も、五四新文化運動の伝統を継承して、「準共名」の情況にあったと陳思和は論じている。つまり、文革後の新時期において、文革の苦難の体験をテーマとし、文革を批判する「傷痕文学」、中華民族のルーツを追い求めるという「尋根文学」(ルーツ探索文学)も、ある社会的に重要な課題をテーマとして創作するという点においては共通していたと考えることができる。しかし、このように長く続いてきた現象が九〇年代前後になると一転して、統一した主題がなくなり、多元的価値の併存する「無名」状態へと突入する。つまり、若い作家たちが時代的なテーマを創作の主要なテーマとしなくなり、むしろ作家個人の感覚を小説に書き入れるという状態へと突入したというのである。

ある意味、先鋒派小説はこのような中国の文学状況の過渡期的時期に出現し、そして大衆化の時代への先駆け的な存在となったとも見なすことができるのである。それは近代的な知識人によるエリート文学の終わりでもあり、また根強く浸透してきた啓蒙主義的文学観の終わりでもあり、同時に個々の作家が大衆と同じ立場に立って自らの内面と向き合う新しい文学の始まりでもあった。そのため、彼らの前衛的な小説の試みは、中国文学史を考える上で重要な意味を有している。

本書では、まず先鋒派作家の原点となった作品を詳細にテキスト分析することによって、これらの前衛的な小説が如何にして誕生したのかを明らかにしたいと思う。作家の描く少年時代をテーマとした作品は自伝的ではなく、むしろ抽象化され、実験的な手法を駆使して描かれている。そこで作家の少年時代の体験とこの実験的な手法がどのように関係し、彼らの原点となる作品を生み出していったのかについて、テキストを詳細に分析することを通して探っていきたいと思う。次に、「記憶」をキーワードにして作品世界を分析していきたい。先述のように、彼らの少年時代はまさしく文革の時代であった。文革中に送った少年生活は彼らの人生の原点であり、創作の源でもある。しかし彼らの作品には目立った文革の政治事件は何も描かれていない。むしろ彼らが成長した後にその意味を考えるようになったことで、当時は意味不明だった「記憶」が現在の生活に入り込んでくる。過去の記憶が作品として如何に表現されていくのか、それを語らずして彼らの作品の意味を語ることはできない。最後に、彼らの小説において、リアリズム小説で描かれ続けてきた中国の「現実」、「歴史」が如何にして解体されていったのかについて考えていきたいと思う。しかし、実は先鋒派作家が目指したことは、イデオロギーで塗り固められた中国の「現実（歴史）」を解体することにあるのではなく、自らのリアリティを表現するために、彼らの視点からみた「現実（歴史）」を描くことにあった。そこで、九〇年代以降に書かれた小説を中心にして分析し、先鋒派の小説が今までのリアリズム小説とは全く異なる型の小説であることを論じたいと思う。

【注】

（1）蘇童、余華、格非の三人を「先鋒派」と呼び始めたのは陳暁明であり、現在では彼の観点が定着している。もともと中国文学において「先鋒小説」という言葉は、斬新な西洋の技法を取り入れたモダニズム小説全般を指していた。しかし一九九〇年代前後からポストモダニズム評論家が「先鋒派」という概念を作り、文学史的意義とポストモダン的な意義を強調することによって、「先鋒派」という言葉は、ポストモダニズムと結びつくようになったのである。彼の観点に沿って先鋒派作家を論じる論文は、他にも南帆「再叙事」（『文学評論』九三年三期）、彭基博「先鋒小説的感知形式」（『当代作家評論』九四年五期）、徐芳「一種緬懐・先鋒文学形式実験的再探索」（『華東師範大学学報』九七年一期）、李潔非「実験和先鋒小説」（『当代作家評論』九六年五期）、趙衛東「先鋒小説価値取向的批判」（『河南大学学報』九六年六期）等参照。

（2）「蘇童創作自述」（『蘇童研究資料』天津人民出版社、二〇〇七年七月、一三頁）。

（3）「蘇童創作自述」（『蘇童研究資料』、一四頁）。

（4）「自伝」（『余華作品集3』中国社会科学出版社、一九九五年三月、三八五頁）。

（5）「六十年代、一張標簽」（『蘇童研究資料』、一九頁）。

（6）「六十年代、一張標簽」（『蘇童研究資料』、一九頁）。

（7）陳思和「民間的還原：『文革』後文学史某種走向的解釈」（『陳思和自選集』広西師範大学出版社、一九九七年九月）の二二九頁において、新時期文学を担った作家は主に五〇年代に自己形成した世代と知識青年世代であると述べている。知識青年世代とは「老三届」（六六年度、六七年度、六八年度）を中心とし、文革中に「上山下郷」を経験した高校、中学卒業生達を指す。基本的に一九五〇年代に生まれた世代である。

(8) 林舟「永遠的尋找――蘇童訪談録」（『花城』九六年一期）。

(9) 朱偉「関於余華」（『鍾山』八九年四期）。

(10) 外国文学の影響については、蘇童『蘇童散文』（浙江文芸出版社、二〇〇〇年一〇月）、格非「欧美作家対我創作啓迪」（『外国文学評論』九一年一期）、余華「川端康成和卡夫卡的遺産」（『外国文学評論』九〇年二期）等を参照。

(11) 陳暁明『無辺的挑戦――中国先鋒文学的後現代性』序（時代文芸出版社、一九九三年五月）、王寧「後現代主義的終結――兼論中国当代先鋒小説之命運」（『天津文学』九一年一二期）等参照。また、拙論「『先鋒派』における『文革』――蘇童の小説から」（『現代中国』七六号、二〇〇二年一〇月）参照。

(12) 馬原『虚構』（『収穫』八六年五期）。

(13) 羅鋼『叙事学導引』（雲南人民出版社、一九九四年五月、一九頁）は物語論の概説書で、『駱駝祥子』などの中国小説を例に引き、わかりやすく解説している。訳は立間祥介訳『駱駝祥子』（岩波書店、一九八〇年十二月）を参照した。

(14) 馬原は文壇における後押しとなったが、直接的な影響を与えたのではない。蘇童は筆者のインタビューに「馬原は我々より何年も先を行く作家で、創作を始めた時期も我々より何年も早い。彼は我々の世代の先駆です。とは言っても、馬原の作品は我々の作品、余華の作品と何の関連も持っていません」と答えている。巻末のインタビューを参照。

(15) 新時期の後を「ポスト新時期」（後新時期）」と呼ぶことがある。これは主に張頤武によって提出され、時間的な概念というよりも「モダン」対「ポストモダニズム」の図式に基づき、八〇年代後半からの文学情況と新時期との断絶を強調した概念である。張頤武「後新時期文学・新的文化空間」（『文芸争鳴』九二年六期）、張頤武「対『現代性』的追問――九〇年代文学的一個赴向」（陳思和・陽陽『九十年代批評文選』漢語大詞典出版社、二〇〇一年一月）、張頤武「『分裂』与『転移』――中国『後新時期』文化転型的現実図景」（『東方』九四年四期）、王寧「『後新時期』・一種理論描述」（『花城』九五年三期）等を参照。謝冕「走出八十年代的中国文学筆談・世紀之交的文学転型」（『当代作家評論』九二年六期）。洪子誠「第二十五章　九〇年代的文学情況」（『中国当代文学史』北京大学出版社、一九九九年八月）は、八〇年代から九〇年代の文学情況の変化は「継続」よりも「断絶」の側面が強いことを述べ、陽陽「論九〇年代文学批評」（『九十年代批評文選』所収）は九〇年代の批評情況も「分裂」と称している。

(16) 陳思和主編『中国当代文学史教程』（復旦大学出版社、一九九九年九月、二九四頁）。陳思和の「重写文学史」という運動は、「知識人の立場」という角度から新しい文学史を構築しようとする試みである。例えば「抗戦（抗日戦争）」を区切りに知識人の意識が大きく変ったので、「現代文学」と「当代文学」の区分は「解放（中華人民共和国の成立）」ではなく、「抗戦」で分けるべきだという彼の主張は、このような角度を反映している。

尚、本文においては、中国語は日本語に訳し、必要な場合は括弧をつけて中国語の原文を表記した。また注における出典は訳さず表記した。格非、蘇童、余華の作品は主要文献に掲載した作品集から引用し、翻訳のあるものは翻訳を参照して、適宜修正を加えた。また参照とした翻訳は参考文献に挙げた。

第一部　先鋒派のはじまり

第一章　蘇州の少年時代〈蘇童〉

一　サリンジャーとの出会い

蘇童は一九八〇年に北京師範大学の中文系（中国文学科、中国では国文科のこと）に入学し、大学在学中の一九八三年から創作を開始する。当時の多くの文学青年がそうであったように、蘇童も詩を創作し、それから小説を書くようになった。蘇童が大学在学中に書いた処女作『八つめの銅像（第八個是銅像）』は、雑誌『青春』に掲載され、「青春賞」を獲得した。『八つめの銅像』は、ある都市に住んでいた青年が町工場を再起させるというストーリーであり、自らの体験から書かれたものではなく、当時流行していた小説の模倣であった(1)。

そのため、以後の創作の道程は平坦ではなかった。蘇童は原稿を出版社に寄稿し続けるが、送り返されてばかりだったという。一九八四年に大学卒業後、蘇童は南京の芸術学院大学で教育補導員として働き始める。仕事は学生のための奨学金取得の補助、学生との清掃活動というような雑用ばかりであった。

この頃、蘇童は仕事の傍ら寮で毎晩創作に明け暮れ、書き上げた原稿を南京の編集社へ持ち込み、作家になることを渇望していたという。そして、ちょうどこの時期に、蘇童は『桑園留念』を書き上げる(2)。

蘇童は『桑園の追憶』について、

> 私がよく『桑園の追憶』に言及する所以は、満足しているからではない。それが私の創作生活で大変重要な意義を持っているからである。この古い作品をあらためて読み返してみると、古き良き昔を懐しむ心情にとらわれる気がする。独身寮で灯りを点して奮闘し、激情に駆られ、蚊に噛まれて、飢えていたことを思い出す。より重要なのは、私の後の一連の短編創作の兆しが初めて現れていることである(3)。

ここで「兆し」とは彼独自のスタイルが現れる兆候のことであり、その意味でこの小説は蘇童にとって原点としての意味をもつ作品であったことが語られている。『桑園の追憶』は蘇童が少年時代を過ごした蘇州で繰り広げられる少年の物語である。彼は『桑園の追憶』がアメリカのサリンジャーの影響を受けて書かれたものであり、その後の一連の短編も同様のスタイルで書かれていると述べている。

> アメリカ作家サリンジャーに夢中になったことで、私は十編近い短編を書いた。『滑車に乗って遠くへ（乗滑輪車遠行）』『悲しみのステップ（傷心的舞踏）』『午後の物語（午後故事）』など。これらの

小説は少年の視点から生活を体験したもので、背景は私が子供の時代を過ごした蘇州北のある古い街である。(4)

一九八五年末、蘇童は南京の文芸雑誌『鐘山』に編集者として採用された。この仕事は蘇童がまさに望んでいた仕事であったという。雑誌編集者への転職は、容易ではなく、友達の助けとそれまでに発表した作品があってこそ、やっと編集の仕事に転職できたのであった。『鐘山』の編集社は文学愛好者が集まる場所でもあった。蘇童はよく飛行機に乗って地方へ出かけ、有名作家の原稿をもらってきて編集し、生活は一変して希望に満ちたものとなった。しかし、この時期に至っても、蘇童が雑誌に投稿した原稿は返却されてもどって来ていた。一九八六年、蘇童は地方出張へ行く途中で、発売されたばかりの文芸雑誌『十月』を買った。蘇童が雑誌に目を通していると、そこに自分が投稿した一編の短編が載っているのを発見した。蘇童は長距離列車の待合室で何度も何度も読み返して、出発時間に遅れそうになったという。

この短篇が全国的な有名雑誌に初めて発表されたのをきっかけにして、短篇が順調に次々と全国的な雑誌に発表されるようになった。一九八七年二月には有名雑誌『上海文学』『北京文学』『解放軍文芸』の二月号に、蘇童の短編が同時に掲載されている。これ以後、それまで幾度となく返却されていた原稿が返ってくることはなくなり、全国の雑誌に投稿していた原稿に満足のいく返事がくるようになったという。また中国で最も有名雑誌の一つ『収穫』に中篇小説『一九三四年の逃亡（一九三四年的逃亡）』が掲載され、以後は『収穫』は彼の作品を発表する主要な雑誌となる。一九八八年には無数の作品が雑誌に発表されたが、それは主に一九八六年以前に創作した作品であったという。蘇童は中国には見られなかった小説のスタイルを確立することによって、これ以後の数年間で多くの前衛的な作品を発表し、評論家によって「先鋒派」の代表作家とみなされるようになるのである。

二　蘇州の街角にて（『桑園の追憶』）

『桑園の追憶』は先の処女作『八つめの銅像』とは全く風格が異なる作品である。蘇童は自らが少年時代を過ごした蘇州の町外れの生活風景を描いた短編を多く発表しているが、『桑園の追憶』はその最初の作品となった。これらの少年の視線から書かれた小説は、アメリカのサリンジャーの影響を受けたものであった。(5)

私にとって言葉に対する自覚を大いに助けたのはサリンジャーであり、言葉で非常に魅了された作家の一人がサリンジャーであった。サリンジャーの『ライ麦畑でつかまえて』と『九つの物語』のなかの叙述方法はある種の衝撃、本当の意味での衝撃を私にもたらした。これに接してから、小説の叙述が自然とサリンジャーに近づいた。もちろん、真似した跡をなるべく残さないようにしたけれども。サリンジャーが及ぼした『桑園の追憶』流の小説に対する助けと影響は最も大きく、私は努力してサリンジャーからある種の叙述方法を学んだ。

蘇童がサリンジャーの『ライ麦畑でつかまえて』から受けた深い感銘は、かつて中国にはなかった小説の形式からきている。まず、『ライ麦畑でつかまえて』における語りは、「少年」の視線による語りで貫かれている。しかしそれだけではなく、『ライ麦畑でつかまえて』の語りの特徴は、主人公がまるで同級生にでも話しかけるような口ぶりで、直接読者に語りかけてくることにある。客観的な時代背景、主人公の境遇等から始まるリアリズムの語りに慣れていた蘇童にとって、中国の小説にはないこのような「話しぶり」が、非常に新鮮に感じられたのは当然であった。そして、このサリンジャーの語りを模倣し、自らが過ごした蘇州の町を舞台に中国の少年生活を描いた作品が『桑園の追憶』であった。

それでは、ここで『桑園の追憶』をみていこう。この小説は高校生になったばかりの「僕」が主人公である。十五歳になった日、「僕」は町で「桑園」と呼ばれている場所を通って、大人に一歩近づいた気分になって、一人で銭湯へと出かけた。

僕が十五歳になったとき、自分が大人になったって気づいたんだ。男の子が大人になったら一番にすることは一人で銭湯にいくことだ。そこでこんな土曜の夕方には、毎週、タオル、石鹸、下着を脇に挟んであの橋を通りかかった。銭湯は桑園の東にあった。僕は覚えている。はじめて桑園のあの暗い家と楡の樹、金木犀の樹を見かけたとき、そこで何秒間か立ち止まったことを。そして、どうしたことか、ここがちょっと神秘的な感じがすると、僕は感じた。まるであそこの暗い家のなかで、何かの重大事件が起こったことがあるかのように。

銭湯のある場所は田舎町のちょっとした繁華街であり、そこには不良たちがたむろしていた。不良たちは橋を通ろうとする「僕」を退屈しのぎにからかい始める。この時、「僕」は銭湯に一人で来たことを後悔し始めた。

はじめて、僕が肖弟、毛頭たちに会ったのは橋の上だった。やつらは一夏じゅうずっとそこにたむろしていた。僕は前を通り抜けるとき、力をいれて鼻をすすった。これは風邪のためなんかじゃなくって、洗ったばかりの顔が意味もなく肖弟にビンタをくらわされるのが、たぶん僕は怖かったのだ。僕は肖弟が度胸の据わった男だととっくに知っていたから。突然、彼は人を死ぬほど憎みだす、すると君のそばにそっと忍び寄ってきて、ビンタを食らわすんだ。でもその日は僕を通せん坊しただけだった。毛頭たちに向かって「おい、丹玉の弟だぜ。みろよ。奴の目も窪んでやがる」と奇声をあげた。

その当時、僕は丹玉を知らなかった。姉の名も丹玉じゃない。

香椿樹街のモデル（2004 年、蘇州）

丹玉は年上の美しい女性であり、彼女が何回も堕胎しているという噂があり、少し足を引きずる歩き方は通りでも有名であり、「下町のマドンナ」的な存在だった。「僕」は丹玉が住む「桑園」の前を通りかかると、何か胸騒ぎを覚えた。それは女性への憧れの気持ちから来ていた。

僕は力をいれて鼻をすすりながら後づさりする。するとやつらは僕を囲んできて、僕の目を真面目に覗き込んでくる。ひょっとしたら、やつらは僕がその女の弟と思いこんでいるのかもしれない。当時、僕は後悔しかけており、どうしてたった一人きりで銭湯にいこうなんて思いついたんだと考えた。僕は肖弟に身構え、もし手を挙げようものなら、ドラム缶のように橋から転がり落ちよう、それで怪我をしたってどうってことない。どっちにしろ、転んで怪我しても、肖弟のビンタを食らうよりもずっとましなんだから。その時、僕のタオルが下に落ちた。奇妙なことに肖弟は僕の腕を摑んで、拾わせなかった。僕に代わって毛頭が腰を曲げてタオルを拾ったんだ。それだけじゃなく、とてつもないすごい事を一言いった。「馬鹿言え。丹玉は弟なんていないぜ。一人娘さ」。

毛頭は悪い奴じゃない。彼に対する僕の印象は、その時残ったんだ。僕をそのまま行かせると思ったが、肖弟はポケットから紙筒を一つ取り出して、丹玉にわたすように言った。

「僕」は、言われた通りに肖弟から渡された紙筒を丹玉に届ける。

「やるじゃないか」。肖弟は一本タバコを僕にまわし、親しみをこめて肩をたたいた。それは、生涯はじめて誰かが僕にタバコをまわしたのであり、僕は感動に咽んだ。当時、頭に一つのアイデアが急に閃いた、もし親がどちらもハルピンに出張したら、親が残していった食費から金を捻出して、牡丹印のタバコを一箱買って、肖弟や毛頭に吸わせることができる。おそらくこの一本のタバコのせいで、次の日も僕は石橋へと向った。彼らは僕を追い払うでもなく、高校生の僕が彼らにつきまとうことに反対することもなかった。その後、秋じゅう、僕も橋の上にいつもたむろするようになった。

これをきっかけにして、「僕」は不良の仲間入りをする。目がそっくりといわれた丹玉はボスの恋人であり、年下の「僕」などまるっきり相手にしてもらえない。ついに、「僕」は丹玉をめぐってボスに決闘を申し込んだ。しかし彼女は僕とボスの決闘には一向に無関心な様子であり、なぜかその直後、ボスの親友である毛頭と心中してしまう。大人になって遠く故郷を離れた「僕」が再び帰省すると、あの石橋に丹玉と毛頭の名前が刻まれているのを発見する。

ここで少し中国語訳の『ライ麦畑でつかまえて』を見てみよう。小説は高校生の主人公ホールデンの独白で始まる。

　你要是真想聴我講，你想要知道的第一件事可能是我在什麼地方出生，我倒你的童年是怎樣度過，我父母在生我之前干些什麼，以及諸如此類的大衛科波菲爾式廃話，可我老実告訴你，我無意告訴你這一切。

（もしも君が、ほんとにこの話を聞きたかったらな、まず、僕がどこで生まれたとか、つまんない幼年時代はどんな風に過ごしたとか、両親が僕が生まれる前に何をしてきたとか、ディヴィット・コパフィールド式のくだらない話しを聞きたがるかもしれないけど、実をいうとね、そんなことはこれっぽちもしゃべりたくないんだ。）

主人公のホールデンは、小説の冒頭で「ディヴィット・コパフィールド式のくだらない話」なんてしゃべりたくないと語る。この「ディヴィット・コパフィールド式のくだらない話」とは、主人公が自らの境遇、つまり時代的社会的な背景を説明していることを意味している。しかし、ホールデンはそんな事には興味がないと断言して、彼自身の目からみた自分の生活を読者に向ってとくとくと語りかけるのである。アメリカの評論家は『ライ麦畑でつかまえて』について、

小説の内部にいる何者かが、小説の外部にいる何者かに向かって語っている。これは私にとって、驚くべき、ほとんどぞっとするような現象に思われる。(6)

と評しているが、それは「実況中継的」な語りとでもいえよう。

確かに『桑園の追憶』はこの『ライ麦畑でつかまえて』と似ている感じを読者に与える。少年が見た世界を描いているという点だけではなく、その語り口は主人公のホールデンとそっくりである。

やつらは一夏じゅうずっとそこにたむろしていた。僕は前を通り抜けるとき、力をいれて鼻をすすった。これは風邪のためなんかじゃなくって、洗ったばかりの顔が意味もなく肖弟にビンタをくらわされるのが、たぶん僕は怖かったのだ。僕は肖弟が度胸の据った男だととっくに知っていたから。突然、彼は人を死ぬほど憎みだす、すると君のそばにそっと忍び寄ってきて、ビンタを食らわすんだ。

蘇童がサリンジャーの語りから最も学んだというところは、このように「語りかける」という手法であろう。しかし『桑園の追憶』が『ライ麦畑でつかまえて』と全く同じかというとそういうわけではない。小説はすべてが現在進行形的な語りではなく、小説全体を通して「僕が十五歳の時」「僕は覚えている」「その時はじめて」「その夏中」「その時」「当時」等の「回想」する言葉が頻繁に使われている。つまり小説は、「回想」という形を取って進められている。そして昔のことを解説したかと思うと、すぐあとに「実況中継的な語り」が続いて、これらの文は織り交じっているのである。

陳暁明はこのような書き方を「時間意識」という概念で説明している。(7)

伝統的な写実主義小説では物語のリアルさと現実感を追求するために、語りの時間を全て物語りの時間のなかに入れ込み、最も下層まで押さえ込み、語りの時間と物語時間が完全に一致するようにしている。語り手がプロローグのかたちで物語を語るにしても、語りが一旦物語の本題に入ると語りの時間は消失してしまう。(中略) 今、先鋒派小説は既に「時間」という問題を明確に意識しており、ゆえに「時間」を直接小説のテーマとする作者も少なくない。また伝統的な写実小説のように「時間」は物語のなかの事件を表現しているだけではなく、まただ単に「時間」自体に対してある種の哲学的な探索をしているのでもなく、「時間」は主に叙述の方法論的な役割を果たしているのである。

「物語時間」とは物語のなかで進む時間であり、「語りの時間」とは語り手（地の文）の時間である。「写実主義」小説は物語のリアル感を作り出すために、この物語がいつ語られたのかという「語りの時間」を目立たないように背後に隠してしまうのに対し、先鋒派は逆にわざと「語りの時間」を読者に意識させるように際立たせていると指摘している。

蘇童の『桑園の追憶』では、主人公が大人になった後の「僕は覚えている」、「僕はその時」などの回想を示す語り手の言葉が頻繁に挿入されている。これらの言葉は、蘇童の作品において「現在―過去」のような物語の「時間」を強調するよりも、むしろ「語り手」の存在を強調するために使われているとみるべきであろう。

『ライ麦畑でつかまえて』において、物語の主人公とその語り手は両方とも「少年」であるのに対し、『桑園の追憶』においては作中人物は少年で、語り手は少年時代を回想する大人であり、それぞれが分かれている。少年の「僕」は丹玉に憧れたり、肖弟と喧嘩したりする。大人の「私」は少年時代の体験を淡々と語っている。『ライ麦畑でつかまえて』は少年がリアルに体験する現在の世界のみを直接語っていたのに対し、『桑園の追憶』では語り手の存在を強調するのはなぜだろうか。

三　初恋をめぐる二つの小説

主人公「私」が自分の過去を語るという小説形式は頻繁にみられるものであり、「一人称自伝風小説」はその典型である。具体的な中国の作品から例として、郁達夫の『過去』をとりあげてみよう。(8)

小説は、肺病の療養ために南方の港町を転々と放浪している主人公「私」が、昔好きだった女性の妹に偶然出会うところから始まる。「私」が上海に住んでいた当時、下宿の向かいに美人の四姉妹が住んでいた。そのなかでも活発な次女に、主人公は惹かれていく。しかし次女は「私」を弄んだあげく、大学生と婚約してしまう。「私」は失望のあまり勤めていた新聞社を辞め、上海を去る。そのうち病気を患って南方の町へと療養に出かける。そして、今、この療養の地で、かつて愛した人の妹、三女と偶然に出会うのである。この出会いに触発されて、主人公は過去を語り始める。小説は、自負心に満ちた青年時代から病気を患って落ちぶれるに至った現在までをテーマとしている。

一人称自伝風小説の特徴について、ナラトロジーの理論家シュウタンツェルは以下のように述べている。(9)

自叙伝風一人称小説の形式で語られる物語は、言うならば「体験する私」と「物語る私」とが心理的統合を成就するまでのプロセスを、一歩一歩得心のいく形で描いた物語なのである。（中略）

「私」の語る物語状況においては、物語行為はある意味で「私」の体験がそのまま継続した形態とみなせる。また語りへの実存的な動機づけも――これは「局外の語り手による物語り状況」には無縁なものである――実はそこに端を発している。半自叙伝的な一人称の語り手は、その目まぐるしい変貌にもかかわらず、無数の実存的な糸によって、過去の「私」というものに結ばれている。

ナラトロジーの考え方によると、一人称自伝風小説の「私」は語り手であると同時に、小説世界のなかの一人物でもある。「現在の私」の状況は過去の一連の出来事の結果であり、「現在の私」が過去を語る動機も過去と密接に関係している。郁達夫の小説『過去』の場合もまさにそうであり、「現在の私」が自負心に満ちた若き日の「私」が現在にまで落ちぶれていくプロセスをふりかえる物語であり、一人称自叙伝風小説の典型であると言える。

それでは、『桑園の追憶』と郁達夫の『過去』の違いはどこにあるのであろうか。まず、郁達夫の『過去』においては、「現在の私」の心情と状況が小説の端々に織り込まれていた。自分の不幸は次女に失恋したことに端を発していると「私」は思っている。そしてまた偶然に再会した恋人の妹、三女にも失恋して、再び自己を運命の被害者に仕立て上げて感傷に浸る。これに対して、『桑園の追憶』では、「現在の私」に相当する「成人の私」に関する情報がほとんど省かれている。「成人の私」に関する記述は「今、私がある程度のまともな小説をつくることができるのは、当時、想像力を養ったことが役に立っている」ぐらいである。「成人の私」は現在小説家になっているとわかるが、なぜ「少年の僕」がこれらの経験を通して小説家になることへと繋がったのかは全く不明である。『桑園の追憶』は一人称自伝風小説のように、「私」が少年時代のことを語るという形式を取っている。しかし「私」はなぜ過去のことを語るのか、これらの事件の意味が現在とどう関係があると考えているのか、これについてはほぼ何も語られていないのである。このことが一人称自伝風小説と根本的に異なる印象をもたらす原因となっている。

一人称自伝風小説では、物語内で語られたことが基本的に小説内の事実と等価なものとして読者に伝えられる。つまり、小説中で起こった事件は、語り手の「現在の私」の目から見ている事件であるにも関わらず、誰から見てもそうであるように読者に向けて語られる。「現在の私」が小説中の事件に関して、原因から結果までの因果関係を作り上げているので、それに従って読む読者が疑問をはさむ余地はない。言い換えれば、これは「現在の私」の観点を読者に有無を言わせず押しつけているのであり、「現在の私」の言葉は全て真実であると読者に思わせる語りなのである。

郁達夫の『過去』もまさにそうである。しかし、少し角度を変えてみると、全く別の側面が浮かびあがってくる。郁達夫の『過去』は、「現在の私」が現時点での価値観をもって「過去の私」を思い出し、その過去の行為を若気の至りであると後悔したり、嘆いたりする。そこには現在なぜこのような状況になったのか、その理由を過去の出来事から見出したいという、「現在の私」の願望が見え隠れしている。例えば、偶然の再会後、「私」は三女が魅力的な女性になったと感じる。「私」は「三女が魅力的になった」ことを一つの真実として語り、読者もおそらく三女は魅力的になったのだと思うだろう。しかし変わったのは主人公であり、三女は全く変化していない。三女はもとのままひがみっぽく陰気である。例えば、三女は自分を振りむきもしなかった主人公に未だに恨みを抱いている。「私」にとって彼女が魅力的なのは、過去の思い出と重なるからである。この意味で「三女が魅力的になった」ことは事実ではなく、「私」の思い込みにすぎない。

『桑園の追憶』では、「成人の私」が過去の事件を読者に語るが、自分の意見を押しつけることを極力避けている。『桑園の追憶』の「成人の私」は人物としての一面が極端に抑えられており、純粋に語り手の機能しか果たしていない。例えば、「僕」が思いを寄せていた丹玉はボスの恋人であり、「僕」は強くなったことを見せつけるためにわざわざ彼女の前でボスに決闘まで申し込むが、丹玉はボスにも「僕」にも目もくれず、ある日突然、ボスの友人と心中してしまう。この謎について「成人の私」は何も語らない。「少年の僕」が見た以上感じた以上のことは言及されず、謎は謎のままである。小説中に「成人の私」の観点を入れないことで、『桑園の追憶』において描かれている世界があくまでも「少年の僕」の眼を通してみた世界となっており、これが一人称自伝風小説との決定的な違いとなっている。

四　小説と真実

『桑園の追憶』において、少年の世界はそのまま描き出され、「成人の私」の価値観が入り込むことはない。それならば、なぜ小説中に「成人の私」の語り手の存在を強調する必要があるのだろうか。この疑問について、より極端なかたちで表現されている、『サボテンを植えた（種了一盆仙人掌）』を例に探ってみたい。

この一家は、緑のない、ある通りの左に住んでいます。通りの左と右は、私が振り返るときに間違えやすいので、あなたは孫某一家の正確な位置を見分けなければなりません。あなたが見分けたくても見分けられるとは限りません。なぜなら、私たちがいる都市の北区は都市区画整理によって統一されていることでよく知られているとおり、どの家も窓とバルコニー、カーテンの色までも驚くほど似ているからです。そこで、私は違う人の窓を指さし、この孫某と彼の家庭をあれこれ言わないように気をつけます。

と始まり、

夜の十時になりました。孫某はスリッパを引きずって家じゅうの最後の戸締まりをし、廊下に沿って灯りを全部消してまわりました。灯りを消してしまうと、孫某の一家の黒い窓のみが私たちの視野に残りました。孫某一家の夜の生活については、見たくても見られません。

と終わる。ここでは、語り手はテレビのナレーターのような働きをしており、まるでマンションの一室を撮影しているようである。語り手は小説世界と全く独立してしまっており、しかし同時にそれがある一つのアングルから撮られたものであることも強調している。つまり、出来事をそのまま「実況中継」的に伝えようとしているが、同時にそれはある角度からみたものにすぎないことも強調しているのである。

このような「二重性」こそが、蘇童の叙述の特徴なのであり、『桑園の追憶』以降の作品も同じ特徴をもっている。先鋒派作家の形式へのこだわりは、このような「語りの角度」への着目から始まっている。先鋒派作家の形式実験の裏には、小説が提供する「真実」とは見る者の角度によって変化するものであるという思想が存在している。それゆえに、語りを意識的に操作することが小説の提供する「真実」自体への懐疑につながるのである。これは、リアリズム小説が小説で描き出される「現実」を絶対的な「真実」として提供してきたことへの反発から来ており、この問題は第二章でより詳細に論じてみたい。

【注】

（1）蘇童の処女作『八つめの銅像』は「傷痕小説」的な題材で、大学在学中に『青春』の一九八三年七期に掲載されたが、凡庸な作品で作品集には収録されていない。また蘇童自身も「一九八七年以前の作品は、大多数が読むに絶えず、そこで私はずっとそれらを文集のなかに入れる勇気がありませんでした（「蘇童訪談」『蘇童研究資料』天津人民出版社、二〇〇七年七月、一頁）」と語っている。

（2）蘇童は「『桑園の追憶』は一九八四年に書いた。（中略）しかし『桑園の追憶』は全国の各雑誌を三年回ってから『北京文学』に正式に発表された」（『蘇童文集　少年血自序』）と語っている。

（3）林舟「永遠的探找」（『花城』九六年一期）。

（4）「尋找灯縄」（『蘇童研究資料』、四六頁）。

（5）林舟「永遠的探找」。

（6）F・シュウタンツェル　前田彰一訳『物語の構造』（岩波書店、一九八九年一月、四十頁）においてデイヴィッド・ゴールドクノップの言葉として引用されている。サリンジャーの語りとは「そのことを言うの、忘れてたけど、僕は退学になったんだ。（中略）四課目おっことしちゃって、しかも勉強する気がない、とかなんとか言いあがるんだな」（D・J・サリンジャー　野崎孝訳『ライ麦畑でつかまえて』白水社、一九八五年九月）というような「主人公が直接読者に呼びかける」語りを指す。

（7）陳暁明『無辺的挑戦――中国先鋒文学的後現代性』（時代文芸出版社、一九九三年五月、八五頁）。

（8）郁達夫『過去』（『現代小説一代宗師：郁達夫小説全集』中国文聯出版公司、一九九六年五月）。日本語訳に、松枝茂夫編『郭沫若・郁達夫集』（平凡社、一九六二年一二月）がある。

（9）『物語の構造』、二一七頁。

第二章　大人の世界への旅立ち〈余華〉

一　歯科医から作家へ

余華は高校を卒業後に衛生学院に進み、医学を勉強した後に歯科医をしていた。

昔の中国において、歯科医はごろつきみたいなもので、一般的に理髪師や靴修理屋と同列に並べられていた。繁華街で防水布の雨傘をさし、ペンチや金槌などの器具を机に一列に並べて、同様にそれまでに抜いた歯も一列に並べて、それで顧客を誘ったのである。このような歯科医はみな独りであり、助手も必要ないし、靴の修理屋と同じように一セットの荷物を担いで各地を回っていた。私も彼らの後継者であった。私は公立の病院で仕事をしていたが、私の先輩たちはみな防水布の雨傘から病院の建物に入った人ばかりで、一人も医大から来た者はいなかった。私のいた病院は歯を抜くことを主にしており、二十人余りしかおらず、歯が痛くて我慢できずに治療に来る人は、みな

私たちの病院を「歯屋」と呼び、病院とみなす人はほとんどなかった。(1)

そのうち、余華は、歯科医の職業は自分に向いていないと気づき、他の職に就きたいと願うようになる。この時期のことについてもユーモラスに次のように語っている。

私は「歯屋」を五年間していて、数千数万の開かれた口を見て、退屈の極みに達した。当時、私は通りに面した窓から、文化館で仕事をしている人が一日中大通りを暇そうにあちこちうろうろしているのを見て、とても羨ましかった。ある時、私は文化館で仕事をしている人に、どうしていつも大通りで遊んでいるのかと尋ねた。彼は私に言った。これこそが彼の仕事なのだと。そこで私は心のなかで、このような仕事は私にぴったりだと思った。そこで創作をすることに決めた。私はいつの日か文化館に入れるように願った。当時、文化館に入るには三つの道があった。一つめは作曲をする、二つめは絵を画く、三つめは創作。私にとって、作曲と絵画はあまりにも難しかったので、創作だけは字を知っていさえすればできるので、創作にするしかなかった。(2)

このように、余華はいわば完全な独学のかたちで創作を開始する。余華は初めは川端康成の影響を受けて短編を書きはじめ、それらの作品が雑誌に掲載されることで、念願の文化館に入ることができた。しかしやがて余華も、蘇童と同じように自らの創作がリアリズムの影響から抜け出せずにいることに気づき、創作に行き詰るようになる。

一九八六年、余華は北京の文芸雑誌『北京文学』に依頼されて一編の短編を創作する。これが『十八歳の旅立ち』である。この作品は初期の作品と風格が全く異なっており、余華の先鋒派作家としての出発点となった作品である。この作品について、余華はカフカの『田舎医者』に触発されて書いたと語っている。

余華は「虚偽の作品（虚偽的作品）」という創作談のなかで、『十八歳の旅立ち』を書き上げた時の様子を次のように述べている。

一九八六年の年末に『十八歳の旅立ち』を書き終わった後の興奮は、理由がないわけではない。当時、私はこの小説がとてもリアルであると感じ、同時にその形式の虚構性を意識したのである。(3)

余華はここで自らの原点とも言うべき作品『十八歳の旅立ち』について、「とてもリアルである」と感じ、同時に「形式の虚構性」を意識したと述べている。

余華はこの創作談において「真実」をいう言葉を繰り返し用いている。中国近代文学において、「真実」という概念はリアリズムの文芸理論と密接に関係している。もともと「真実」という概念は、五四新文化運動の時期に西洋の文芸理論の受容によってもたらされ、三〇年代になって社会主義リアリズムの文芸理論の普及と共に、中国文学のなかに深く根付いていった。(4)中国共産党が政権を握った後には、

「真実」は共産党の政治的な力によって独占されてきた。そして、これが社会主義リアリズムになると、革命家のみが「真実」を正しく把握でき、その革命家が把握した「真実」に基づいて小説世界を組み立てなければならないとされてきた。具体的には、階級闘争、上部下部構造等の共産党の理念に沿って、英雄などの人物形象を用いて小説世界を組み立てることが創作の基礎とみなされるようになった。つまり、リアリズム小説は、社会の構造を小説世界と対応させるという手法を用いて構成されている。

余華はこのようなリアリズムの方法に対して重圧を感じ、そこから抜け出さなければ、独自の著作ができないと思っていた。

従来の事実に基づいて物事を論じるというあの種の創作態度が、ただ単に表面上の真実にしか導かないことに気がついてから、私は新しい表現の方式を探さなければならなかった。(5)

余華は先輩格にあたる作家史鉄生と対談をしているとき、史鉄生に現実の世界できつく閉めた薬の壜から、薬がひとりでに飛び出すことはありえないし、もしそういう事が起りうるとしたら奇跡である、しかし小説では現実の秩序に沿ってのみ描くと「真実」には辿りつけないのだと教えられた。そこで余華は、リアリズムにおける「真実」と異なる自分自身の「真実」を探そうと試みる。

真実に関する思考を二年余り続けてから、今だに継続しているのであるが、私は自分がこの思考を終わらせる能力を既に失っていると分かった。そこで、今、私が表現したいのはただこの思考の過程であって、固定した答えを提供したいのではない(6)。

そのうち、余華は自らの「真実」への探索が小説内容からではなく、小説形式を糸口にして解決ができるということを発見する。

探索の結果、私は忠実に事物の形態を描くことはせず、虚偽の形式を使い始めた。この形式は今の世界が私に与える秩序と論理から離れさせたが、私を自由に真実に接近させた(7)。

そして、『十八歳の旅立ち』を書き上げた後に、小説内容は小説形式によって決まるということを強く実感するようになる。

私は嘗て師であった李陀と、叙述の言葉と思考パターンの問題について討論したことがあった。李陀は言った。「先に出てくるのは叙述の言葉であって、それから思考パターンが出てくる」。私個人の創作の経験は、この李陀の言葉を裏付けている。私は『十八歳の旅立ち』を書き終わってから、私は、語る言葉から自分では未だ嘗てなかった思考方式を感じ始めていた(8)。

余華は『十八歳の旅立ち』をきっかけに見出した小説の形式を「虚偽の形式」と呼んでいる。これはもちろん社会主義リアリズムが「真実」の形式であるならば、逆に自らの方法は「虚偽」であるという意味を含んでいる。それでは、余華のいう「真実」と「虚偽の形式」とは具体的にはどのようなものであろうか。

二　『十八歳の旅立ち』

『十八歳の旅立ち』は、次のような一段から始まる。

アスファルトの道が起伏して波打ち、道路はまるで波濤に貼り付けられたようだ。僕がこの山道を歩いていると、まるで一艘の船のようだ。今年、僕は十八歳、僕の下顎には産毛のような鬚の何本かが風をうけて揺れ、それは初めて生えた鬚であり、僕はそれを特別に大切にしていた。僕はこの道路を一日中歩いていた。多くの山、多くの雲も見尽くした。山や雲を見るたびに知人を連想した。そこで僕は山や雲に向かって彼らのあだ名をよんだ。だから一日歩き尽くしても、僕は少しも疲れなかった。そんなわけで僕は朝を通り抜け、午後の名残を貫き、黄昏の頭を眼にするまで来ていた。しかし僕はまだ宿に着かなかった。

十八歳の誕生日を迎える日、「僕」は家を離れて遠出をするように父から勧められる。若いエネルギーに張った「僕」は、意気揚々と旅を始める。しかし日も傾き、空も茜色に染まる頃になっても、泊まる宿が見つからず焦りを感じる。

道路が高低に起伏し、その高いところはいつも僕を誘惑し、誘惑された僕は命がけで宿を探しに駆けのぼったが、ただもう一つの高みを見るだけで、そのあいだには人を失望させる撓みが存在していた。このようであっても、やはり僕はそのつど高みに向かって駆け出し、そのつど命がけで駆け出した。

目の前に起伏の激しい道がどこまでも続いている。「僕」はヒッチハイクをしようと試みるが、それも上手くいかない。すると、その時、「僕」は故障して道路わきに止まっているトラックを見つけた。

今度、僕はまたもや高みにむかって駆け出し、今は僕が眼にしたのは宿屋ではなく、車であった。

「僕」は故障したトラックを直している運転手に話しかけるが、無視される。「僕」は煙草を差し出して、再度話しかける。無愛想な運転手も煙草を受け取ると、どうにか「僕」の話しかけに答えてくれた。そして、トラックを修理し終わると、「僕」は乗せてもらえるように頼んだ。

僕はすばやく登って言った。「兄貴、車に乗せて欲しいんだ」。意外にも彼はその黒々とした手で僕を一突きし、荒々しく言った。「出て行きな」。

僕は怒りで言葉が出なかったが、彼はゆっくりと車のドアを開けて中へ入り込むと、エンジンがなった。僕はこの機会を逃すと二度とチャンスはやってこないとわかった。僕は今はなりふりを構っていられないと察した。そこでもう一方に走って、車のドアを開けて中へと入り込んだ。僕は彼と運転室でやり合う覚悟だった。僕は入った時、彼に向かって一声怒鳴った。「君が銜えている煙草は僕のだよ」。

すると、運転手はにやっと笑い、「僕」は戸惑った。

彼は尋ねた。「どこに行くだい？」

僕は「どこでも」。

彼はまた優しく尋ねた。「林檎は食べたくないかい？」彼は依然として僕を見ていた。

「聞くまでもないさ」。

「後ろに行って取って来たらいいさ」。

彼は車をこんなに早く走らせているのに、僕が運転室を出て後ろまで出ていけるのだろうか。

こんな風に「僕」は、林檎を積んだトラックにようやく乗せてもらえることになった。一旦トラックに乗り込むと、そこは意外にも乗り心地がよかった。とりたてて宿に泊まる必要もないように感じられる。しかし、ぽんこつのトラックはまた故障してしまった。運転手は慣れた様子で、特に慌てることもなく道脇にトラックを止めた。そして運転手はトラックの外に出てラジオ体操をし始め、ランニングに行ってしまう。「僕」は気が気ではないが、どうすることもできない。

その時、付近の農民が自転車を押して通りかかる。そこで「僕」は農民たちに助けを求める。しかし、農民たちは助けるどころかトラックに積んであった林檎を奪い始める。「僕」は林檎を取られないように必死になって阻止するが、後から後から林檎を奪いに押し寄せる農民になすすべもなく、全ての林檎を奪われてしまった。僕は散歩から帰ってきた運転手に、慌ててこの事を知らせるが――、

彼はまるでさっきのことをちっとも知らないかのようであった。僕は彼に向かって叫んだ。「林檎が奪われる」。しかし彼は全く僕が何を叫んでいるのかを注意せずに、そのままゆっくりと散歩していた。僕は本当に彼を拳で一つ殴りに行って、鼻っぱしをへし折りたくなった。僕は走っていって彼の耳に大声で叫んだ。「君の林檎が盗まれた」。彼はやっと振り返って僕を見たが、彼の表

情はますます嬉しそうになるのに気づいた。彼は僕の鼻を見ていたのだ。

運転手は特に動じる様子もないどころか、なんとにたりと笑ったのである。それは「僕」のひん曲がった鼻を見ていたからであった。そして、運転手はひらりと運転室に入り込み、僕の全財産が入っているリュックサックを手にどこかに逃げてしまう。「僕」は殴られた傷の痛みを堪えながら、壊れたトラックのなかで一晩を明かすことを決める。壊れたトラックのなかに一人横たわりながら、旅に出る前を思い出す。

僕が外で半日愉快に遊びまわり、それから家に帰ると、窓の外から父が屋内で赤いリュックを整理しており、僕は窓辺に肘をついて「お父さん、出かけるの?」と尋ねたことを覚えている。父は振り返って優しく答えた。「いや、お前を家から出させるんだ」。

「僕を家から出すって?」

「そうだよ。お前ももう十八だ。外の世界を知らなければならないよ」。

それから僕はあの綺麗な赤いリュックを背負うと、父は僕の後頭部をぱっと叩いた。ちょうど馬のお尻を叩くように。そこで僕は嬉しくて家を飛び出し、まるで意気揚々した一匹の馬のように嬉しそうに駆け出した。

この小説は、少年が家を出て、大人の世界に飛び込むことを暗喩的に描いている。「僕」にとって、外の世界で出会う人々は非常に利己的である。困っている少年を助けようともせずに、むしろ逆に利用することばかりを考えている。外の世界で自分を守る術もない「僕」はやられっぱなしであり、災難に遭って呆然とするばかりである。同時に外の世界は「僕」にとって不可思議な世界でもある。運転手は林檎を盗まれてもにたにた笑って、「僕」の全財産であるリュックを持って逃げてしまう。

このように小説では「僕」の感覚を中心として描かれており、「僕」の知りうること以外のことについては、一切の説明も加えられていない。

三　十八歳の誕生日に起こる事件（『四月三日の事件』）

『四月三日の事件（四月三日的事件）』は『十八歳の旅立ち』の延長線上に創作された作品とみなすことができ、『十八歳の旅立ち』の手法がより強調されている作品である。『四月三日の事件』の主人公「彼」は、『十八歳の旅立ち』の「僕」と同様に、十八歳になろうとしている。十八歳の誕生日に父から家を出るように促されて旅路に就く「僕」と十八の誕生日直前に故郷から逃げ出す『四月三日の事件』の「彼」は、感覚的に繋がっている。

まず冒頭部分をみてみよう。

朝のちょうど八時、彼は窓際に立っていた。彼は多くの物を見たようだが、しかし心の中には入ってこなかった。彼はただ外には一片の黄色の色彩がとても鮮烈であるのを感じただけだった。「あれは日差しだ」と心のなかで思った。

「日差し」に関する描写において、「陽光」とは言わずに「黄色で鮮烈なもの」と表現している。

それから、彼は手をポケットのなかに差し入れると、手に冷たい金属の感覚を感じた。彼は心中いささか驚くと、指が少し震え始めた。彼は自分が興奮しているのに驚いた。それから指がその金属にそってゆっくりと進んだ時、その奇妙な感覚はそれ以上広がらずに、固まった。そこで、彼の手もすぐに止まって動かなくなった。だんだんとそれが暖かくなり始め、まるで唇のようだった。しかししばらくしてその温かさは突然消えた。この時彼はそれが既に指と一体化してしまい、それでなくなったかのように感じるのだと思った。その感動を誘う煌きはもう過去の形式になってしまった。

ポケットの中に入れた「鍵」についても、すぐに「鍵」とはいわずに「冷たい金属」と表現している。

「彼」の手が「冷たい金属」に触れると、その金属ががたがたと音が鳴り、自分が震えているのに気がついた。鍵は体温で「暖かくなり始め」「温かさは突然消え」「指と一体化してしまい、それでなくなったかのように感じる」とある。このように、小説は瞬時瞬時の「彼」の感覚を、折り連ねて描写されていく。主人公の内部の感覚をたどりながら、外部の情景が描写されており、この意味において『十八歳の旅立ち』と同じ描写の特徴をもっていると言える。

十八歳になる誕生日を控えていたある日、突然、「彼」は父母や友達の行動がおかしいと感じ始める。白雪という同級生が家を訪ねてくると、「彼」は白雪の影を踏んでおり、その影が真っ黒であり、身動きもしないことに気づく。ふと「彼」が白雪と眼が合うと、何かを合図しているようであり、近くに罠がしかけられていることをほのめかしているように思える。「彼」は困惑して辺りをみまわすと、果たして窓の外に中年男が樹にもたれており、まるで「彼」を見張っていたように思えてくる。しばらくして錯覚と感じると同時に、また真実のようにも感じた。

翌朝、誰かがドアを叩く音がした。一瞬、見知らぬ男が家にづかづかと上がりこんでくるという、昨夜の妄想が蘇る。「彼」はドアを開けるのを躊躇したが、また開けてどうなるのかを知りたい気分でもある。そこで、「彼」は勇気を奮ってドアを開けると、なんと中年男が叩いていたのは隣家のドアであった。その男が樹にもたれて見張っていた昨日の奴と関係があるのかと考えるが、判断はつきかねた。そのうち、「彼」は次第に自分の父母や友人までもが自分を罠に嵌めようとしているという疑いをもつようになる。誰も信じられなくなった「彼」は、唯一の味方だと感じられる同級生の白雪の家を訪れて、近い将来「彼」の身に何が起きるか聞いてみようと思い立った。

「君はまだ覚えているかい?」ここでやっと彼は口を開いた。「数日前、僕が町を歩いているときに君を見かけたんだ。君は僕に向かって合図をした」。

白雪の顔が真っ赤になった。彼女はぼそぼそと言った。「あの時、あたしはあなたがあたしに笑いかけたように感じたから、それであたしは……どうしてこれが合図になるの?」。

彼女はまた演技を続けようとしている(と彼は思った)。

「彼」がどんなにしつこく問いただしても、白雪からは納得のいく回答は得られない。

しかし彼は頑固として続けて言った。「君は僕達の遠くないところに中年男がいたのを覚えている?」。

彼女は首を振った。

「あの梧桐の樹にもたれかかって」。彼は促して言った。

しかし彼女はやはり首を振った。(中略)

「嘘ばかりつくな」。彼は終に癇癪を起こして叫びだした。

彼女は驚いて怖そうに彼を見た。

「君は僕に話さなければいけない。彼らはどうして僕を監視しており、彼らはこれから何をするつもりなのか」。

彼女は首を振って言った。「わたしにはあなたの言いたい事がわからないわ」。

いらだった「彼」は台所に行って包丁を持ち出し、白雪を脅そうかどうかと迷う。

彼は白雪がカレンダーのそばまで行き、手を伸ばして一枚破るのを見た。それから彼女が振り返って言った。「明日は四月三日」。

彼はまだ台所に行くかどうか迷っていた。

「当ててみて。明日に何が起こるのか」。

彼は愕然として驚いた。四月三日に何が起こるのか。四月三日？　彼は思い出した。母はそう言ったことがあるし、父もそう言ったことがあることを。

四月三日は明日に迫っていた。しかし、「彼」はその日に何かが起こるという予感を持ちながらも、どうしていいかわからない。

その時、彼は続けてどうすればいいのかわからなかった。まるでもう既に、今が何時なのかわからないように。明日、四月三日にある事件が起ころうとしている。彼は心のなかでは非常にはっきりしていたが、自分がどうすればいいのかわからなかった。

「彼」は四月三日の誕生日に必ず何かが起こると確信を抱くようになるが、襲い来るであろう災難にどう対応すべきかわからない。その時、「彼」の耳に遠くから長い汽笛が聞こえてきた。

この時、彼は汽車の長い汽笛を聞いた。彼は突然啓示を受けて、立ち上がった。彼が立ち上がった時、まず見えたのは橋であり、橋は死んでいくようにそこに横たわっていた。それから彼は陰険に流れている小さな川に注意した。その川面に波がさざめき、無数のきらきらした目が彼を監視しているかのようだった。

「彼」は貨物列車に乗り込んでその町を離れることを思いつく。「彼」は鉄道の方向にむけて歩き出し、鉄道の上に立って石炭の詰まれた貨物列車を止めて、その荷台に滑り込んだ。

そこで彼は石炭の山に体をもたれかけ、遠くになってしまった小さな駅を見た。町全てが既に遠くに捨てられしまった。そしてますます遠くに捨てられていく。それからしばらくして何も見えなくなり、彼の前にはただ青白い闇だけになった。明日は四月三日、彼は思った。彼は明日彼らが頭を垂れてがっかりし、怒って焦る表情を想像し始めた。父母は責務を果たせず、処罰を受けているに違いない。彼は彼らの陰謀を徹底的に打ち砕いたのだ。彼は意気揚々な気持ちを抑え切れなかった。

『四月三日の事件』において、十八歳の誕生日前に、少年は父母や友達から罠に陥れられると信じ込み、汽車に飛び乗って故郷を飛び出してしまう。小説では、少年の寄る辺ない感覚が次第に不安へと変り、被害妄想を生み出していく過程が、少年の感覚の内側から描きだされている。しかし、小説内で「彼」の不安の原因がどこにあるのかは説明されていない。また少年の十八の誕生日にどのような事件が起こるのかも全く書かれていない。そもそも少年の誕生日の四月三日に本当に何かが起こるのだろうか。父母や友達は本当に「彼」を陥れようとしているのだろうか。それともこれはただ単に「彼」の妄想にすぎないのだろうか。小説ではただ単に少年が感じている事が、彼の妄想かどうかもわからないままに放置されている。

このような説明の「欠如」は先の『十八歳の旅立ち』にも共通する点であり、この『四月三日の事件』ではそれがより一層強調されるかたちで提示されている。『四月三日の事件』が以前の中国の小説にはなかった新しさや奇妙さを読者に与えるのは、こういった説明の「欠如」という点にある。

四　カフカのような摩訶不思議な小説

余華が『十八歳の旅立ち』を創作したことについて、「わたしの全ての努力は真実により近づくためである」と述べていた。『十八歳の旅立ち』から続く一連の作品において、余華は主人公の内面の「真実」に重点を置き、その内面に映った事のみに限定して描いている。余華が「真実」という言葉を用いるときには、このような「内面の真実」的な意味合いで使われている。

では、なぜ主人公の内面に焦点を当てた手法を「虚偽の形式」と呼んでいるのであろうか。ここでもリアリズム小説との比較において考えていきたい。例えば、魯迅の『狂人日記』は日記形式を取っており、被害妄想の病を患った主人公が家族に食べられてしまうのではないかという妄想を綴っている。十八の誕生日を目の前にした主人公は、周りの人々に陥れられるのではないかという恐怖に苛まれている。この点は魯迅の『狂人日記』と共通している。ただ形式において大きく異なるのは、『狂人日記』には前書きがつけられていることである。前書きには、この日記を手にした人物が日記を家族から譲り受けた経緯が書かれている。読者はまずこの前書きを読む。そして、読者はこれが「狂人の日記」であることを知った後に、日記形式の小説を読むという仕組みになっている。つまり読者には、「日記」の内容が狂人によって書かれたものであり、食人は事実でないという前提が初めから与えられているのである。リアリズム小説においてこのような「前書き」的な役割は、小説世界に対する「説明的な語り」によってなされている。リアリズム小説は、「説明的な語り」を地の文に埋め込んでしまうために、読者はいつのまにかあらかじめ著者によって設定された「枠組み」に沿って、小説世界を解釈してしまう。例えば、先の『狂人日記』において、読者は初めからこの小説を「狂人」の日記としてみなして読んでいく。この設定から読み進めることによって、魯迅の「狂人」とは近代的精神に目覚めた者であり、封建社会の人間関係を「食人」社会に例えたものであるという読みへと容易に繋がっていくのである。このように『狂人日記』の前書きは、小説世界に対する「枠組み」の役割を果たしているのである。つまり、リアリズムの語りの役割は、作家が読者を誘導して小説を読ませるための設定なのである。同時に、小説のこのような「枠組み」設定は、読者に小説世界を現実社会に準えて理解することを要求する仕組みとなっている。

これに対し、『四月三日の事件』では、主人公の「被害意識」がどこに由来するのかについては全く説明が加えられていなかった。それどころか、主人公の被害妄想に過ぎないのか、皆が主人公を陥れるような何かを本当に画策していたのかも、小説中においては全く説明されていない。つまり、読者が小説世界を現実世界と照らし合わせて解釈できる「枠組み」が故意に取り除かれているのである。これは初めから著者が、小説世界を現実の世界に準えて読者に解釈されることを拒否しているとも言える。そのため、余華の小説では現実と虚偽の境界線が曖昧なままである。

この作品はカフカの『田舎医者』に大きな啓発を受けて書かれた。カフカの『田舎医者』は、全て主人公である医者の意識の内側から描かれ、一切の客観的な情況説明が書かれていない。例えば、主人公の医者が急診に呼ばれて馬車がなくて困っていると、馬を貸してくれる者が突如として現れる。患者が治療不可能とわかると、医者はなぜか裸にされて患者に添い寝させられる。

同様に、余華の小説も現実と虚偽の境界線がなくなり、不可解な印象を読者に与え、カフカの小説のような幻想的な雰囲気を帯びることになる。つまり余華の小説形式は、小説を現実との固定した解釈の関係から解放することに繋がり、またそれは中国にはなかった形式であった。余華はこの「枠組み」を持たない形式を「虚偽の形式」と呼んでおり、それはリアリズムの方法からの脱却から生み出された形式であった。

【注】

（1）「我為何写作」（『余華研究資料』山東文芸出版社、二〇〇六年五月、二〇頁）。

（2）「我為何写作」（『余華研究資料』、二〇頁）。

（3）「虚偽的作品」（『余華作品集』、中国社会科学出版社、一九九五年三月、二七七頁）。

（4）社会主義リアリズムと「真実性」の概念については、陳順馨『社会主義現実主義理論在中国的受容与転換』（安徽教育出版社、二〇〇〇年一〇月）参照。

（5）「虚偽的作品」（『余華作品集』、二七八頁）。

（6）「虚偽的作品」（『余華作品集』、二七九頁）。

（7）「虚偽的作品」（『余華作品集』、二七八頁）。

（8）「虚偽的作品」（『余華作品集』、二八〇頁）。

第三章　「意味」を探し求めて〈格非〉

一　創作の始まり

格非は蘇童と同様に華東師範大学の国文科に入学した後に、本格的に文学の世界に触れるようになる。[1]格非が大学在学中の八〇年代は、まさに文革後の改革開放の波に従って西洋の文化が中国に大量に流れ込み、大学生はみな詩人になりたいと言われるぐらいに、学生の間で文学が絶大な人気を誇っていた時期であった。格非もそのような時代の雰囲気のなかで創作を開始した。大学では学生が壁新聞に創作した作品を張り出し、格非も先輩や友人とともに上海作家協会の作家を招いて、「萌芽小組」というサークルに参加して創作を始めた。[2]

しかし、この頃、格非は社会主義リアリズムの影響を乗り越えられずに苦闘していた。

当時、私は小説が書けなかった。私は多くの西洋小説を読んでいたが、やはり自分の習慣を克服できなかった。この習慣は中学の時から来ている。例えばある主題を表現し、自分を表現しない。その表現した主題は私とは実は何の関係もない。私が初めて書いた一編の小説は選挙に関するもので、例えば他は殺人事件、ある公社の書記が自分の息子を殺したなどなど、他に改革のテーマについても多く書いた。しかし私はそれを投稿したことはない。掲示板に張っただけである。(3)

格非は子供の頃は社会主義リアリズム小説しか読む機会がなく、その千編一律な表現方法に対して強い不満と圧迫を感じていたにも関わらず、その影響からなかなか抜け出すことができなかった。

大学四年生の時、ある言語専門の教授が、学生たちを連れて方言調査旅行に出かけ、格非もそれに随行した。格非は真剣に方言の調査をするつもりはなかったので、訪れた江南の美しい村の湖で遊んだり、愉快に時間を過ごしたという。そのうち格非は何もすることがなくなり、一足先に上海に帰ることにした。格非は帰りの長距離列車のなかで、退屈しのぎにメモ帳に小説を書いた。これが処女作『烏攸先生を追憶す（追憶烏攸先生）』となった。その時は特別な気持ちもなく、ただ十数時間もの長い乗車時間を持て余して遊びのつもりで書いたという。しかし潜在的に蓄積してきたものが湧き出てくるように、今までとは全く違う小説として仕上がった。(4)

大部分の状況下で、ある誠実な作家が革新的な作品を書く時、故意にそうすることで人々を驚かそうとするものではない。（中略）一九八五年春、私が浙江省の建徳から上海へ行く列車のなかで

『烏攸先生を追憶す』を書き始めた時、自己に課された絶え間ない苦しみから自分を解放することを決めた。

しかし、格非はこの時はまだ小説家になるとは本気では考えていなかったという。大学を卒業するに当たっての進路選択の際、格非は作家協会に入るか、大学に残って教鞭を取るかの二つの選択を迫られた。そこで格非は華東師範大学の研究室に入ったが、授業を担当する必要がなく、大いに時間があったので、小説を書き始めたという。大学時代に趣味で小説を書いていたのとは異なり、小説を一つの仕事としてみなし始めていたという。『烏攸先生を追憶す』が雑誌に掲載されることになり、格非は実験的色彩が強い小説を次々と発表し、「先鋒派」の代表作家として活躍を始める。(5)

二　結末のない物語（『烏攸先生を追憶す』）

それでは、格非の創作の方向性を決めることとなった『烏攸先生を追憶す』を見てみよう。三人の警官がある事件を再捜査するために農村を訪れるところから、この小説は始まる。事件というのは、村の知識人「烏攸先生」が美しい女性の杏を強姦して殺害し、そして既に逮捕されて銃殺された事件であった。外部からやって来た三人の警官は、この事件が冤罪事件だった可能性があり、再捜査のために村へ聞き取り捜査にきたのであった。しかし、事件に対する村人の無関心のため、この事件に関する再捜査は困難を極めた。「僕」だけが警官に興味を持ったため、事件の再捜査に協力をすることを申し出た。「僕」は烏攸先生が銃殺刑にされる朝に早起きをして見に行こうと思った。母親には叱られたが、「僕」は弟と一緒に刑場にでかけた。弟は銃殺の様子を見て、「人を殺すのは鶏を殺すのよりもずっと易しい」と感想を述べた。その日、村のある若い主婦が大急ぎで刑場に駆けつけたのを皆が見ていた。「僕」がこの事を警官に話すと、警官は全く相手にせず、記録さえも取らなかった。

烏攸先生は物静かな穏やかな人柄で、読書を好み、村人に医術を施して、村のそばの林でひっそりと暮らしていた。そのうち彼は聡明で美しい村の娘、杏と仲良くなった。二人はよく林のなかを寄り添いながら散歩したりしていた。しかし、ある日突然、杏は強姦されて窒息死した。その直後に、烏攸先生が強姦殺人の罪に問われて銃殺される。しかし、実は杏を殺害したのは烏攸先生ではなかった。美しい杏は村のやくざの若頭に狙われており、そのやくざの頭に強姦されて殺されたのであった。村のある若い主婦は偶然にそれを目撃してしまう。彼女はこの事実を黙っていたが、烏攸先生が処刑されるその朝になって、黙っていられず刑場へと馳せ参じたのであった。

この小説では事件を巡る聞き取り捜査の過程のみが描かれ、冤罪事件がめでたく解決するという結末がない。小説のなかで焦点が当てられているのは、村人の過去の事件に対する無関心さであり、再捜査の困難さである。この事件に関心をもっているのは再調査に来た警官であり、当事者の村人たちは誰一人として義憤を覚える者もなく、事件に関心を寄せる者もいない。警官にしつこく聞かれ、村人は事件の断片をおもむろに語りはじめる。それはちょうど「僕」の話のように、なんら捜査の役に立たない。結局、警察は事件の真相を解明できずに村から立ち去り、事件は放置されて忘却の闇に消えてしまうところで、小説は終わっている。

このような奇妙な展開の小説が格非の創作の原点となり、リアリズムの桎梏からの解放をもたらしたと格非自身は述べている。事実、この小説から、格非は小説形式を意識するようになり、自らのスタイルを確立していったのである。

三　男の子の歌（『指輪花』）

格非は『烏攸先生を追憶す』と同じテーマを、全く異なる題材で『指輪花（戒指花）』でも描いている。(6)まず小説の内容から紹介してみよう。新聞記者の丁小曼は取材で平谷鎮に来ていた。実は、彼女がこの村へやってきたのはある事件についての取材のためだった。事件とはコンクリート工場で働く十八歳の少女が帰宅途中に強姦されて殺されたというものだった。ごくありふれた殺人事件であったが、事件が世間の注意を惹いたのは、他でもない、少女を強姦した男がなんと九十六歳の高齢であったという事実であった。新聞やテレビ報道は「九十六歳？　摩訶不思議」という副題をつけて放送した。こんな事は果たして可能なのだろうか、丁小曼は事件の仔細を取材するためにこの村にやってきたのだった。

彼女は取材活動を行ったが、町の人は冷淡そのものだった。午前中、十六人にインタビューをしたが、誰もが口を揃えて「知らない」と言い、口調までも全く同じであった。たった一人だけ違った答えをし、それは「知りえない」だった。しかたがなく、彼女は少女が殺されたというトウモロコシ畑を二時間ばかりうろつき、警察の派出所へ行ってみるが、「また、来た！」と窓を閉められてしまった。

何の収穫もないまま、その日はこの町に泊まることにした。旅館の窓から駐車場を眺めると、そこには痩せこけた四、五歳の男の子がいた。男の子は近づいてきて、「いっぱいお金持ってるんだよ」と言った。彼女が「家に帰らないの？　お母さんは？」と聞くと、男の子は「引き出しの中」と答えるだけだった。そして「人が空中に引っかかって墜ちてこないのは？」という変な謎々を問いかけてきて一向に帰ろうとしない。彼女がパソコンを開いて仕事を始めると、この事件についてネットで熱い議論が交わされている真っ最中だった。背後で男の子が一人で彼女の知らない歌を歌っていた。

わたしが歌うのを聞いて
わたしの顔をみて
歌を聞かせられない、歌うと泣きたくなるから
顔も見せられない、見られると泣きたくなるから

ホテルの服務員が部屋に湯をもってきたので、事件について聞いてみた。すると、彼女は「どこでも売春やってんのに、なんでそんな危険を冒す必要があるんだい」と言い放った。取材に行き詰り、事件がでっちあげじゃないかと思いかけていたときに、新聞売りの「コン・リーが自殺したよ」と売り歩く声が聞こえてきた。買って読んでみると、なんてことはないコン・リーという名前の農婦が首吊り自殺をしたという記事が小さく出ているだけだった。

その時、ふっと頭を掠めたのは男の子の語った謎々だった。

「人が空中に引っかかって墜ちてこないのは?」

彼女は突然いやな予感に苛まれた。男の子の家へと駆けつけると、ちょうど男の子の父親の死体が部屋から運び出されるところであった。隣人に母親の居場所を尋ねると、肺癌で二ヶ月前に亡くなったという。そして、男の子が引き出しから取り出したのは母の写真をいれた写真立てであった。

その晩は男の子の部屋に泊まった。夜中に男の子は起き出して、彼女の指輪を珍しそうに眺め、夕方に聞いた歌をもう一度歌い始めた。

やっぱり野花を摘んであげよう

母さん、あれは何て名前の花
母さん、あれは何色の花
あれは指輪花
純白の指輪花
それは母さんの涙、それは母さんの心
それは指輪花

彼女が編集長にこの事を取材したいと言うと、ありふれた出来事だと一言で却下された。『指輪花』において、男の子は幼すぎて、父親が自殺してもそれを訴える言葉をもたない。母親についても丁小曼に「引き出しの中」と答えるのみである。そして、社会に訴えるすべもないまま、母がよく歌っていた歌を口ずさむ。この幼い男の子の発する言葉の意味、例えば母親が引き出しの中にいるとか、空中に掛かって墜ちてこないものはなんだという謎々は、女性記者の丁小曼によって解釈されて、意味が次第に明らかになる。しかし、編集長に記事にすることを却下されて、この小さな悲しい事件は記事にされないまま闇に消えてしまう。結局、女性記者の丁小曼は、奇妙な暴行事件に関しても何も得られず、また男の子の事件は記事にされずに帰途に就く。

四 「青黄」の意味（『青黄』）

『烏攸先生を追憶す』と同様に、先の方言調査旅行から生まれた小説に『青黄』がある。格非たちは方言調査に来ていた農村で、漁師の老人から村の来歴について聞いた。すると、村にはその昔、船上生活をしている九つの姓をもった一族がいたという言い伝えがあった。明の太祖となる朱元璋が逆賊と戦った時に、逆賊に加勢した者たちがいた。彼らはその末裔であるという。朱元璋が皇帝に即位すると、彼らが陸に上がることを禁止したが、明が滅びると陸に上がったという話が村には伝わっていた。中国では古く川に停泊している船が妓館となることが多く、この船で暮らす一族というのは実は妓女だったという説も存在していた。格非は興味を覚えて、この村に伝わる「九姓漁戸」に纏わる話を調査し始めたが、文献には何も記載されていなかった。そして、この時の話が『青黄』という小説のもととなったという。

小説は、「私」が「青黄」という言葉の意味を調査するために麦村を訪れることから始まる。現在、蘇子河に浮かぶ妓女船を営む一族「九姓漁戸」は四十年前に消滅してしまっており、それに関する言い伝えもほぼなくなってしまっていた。『麦村地方志』によると、一族の最後の子孫は麦村から陸へ上がったらしいが、その後の消息は未詳である。同じ話を記載している『中国娼妓史』も『麦村地方志』を踏襲していた。著者である譚教授によれば、「青黄」という言葉は若い美しい女性の名前、もしくは

「九姓漁戸」の妓女生活の編年史を意味している可能性が高いという。そこで「私」はこの魅力的な説に惹かれて、再び麦村を訪れることを決めた。しかし、「私」がその計画を譚教授に話すと、きっと無駄足になるだろうという答えが返ってきた。

譚教授が言った通り、麦村ではこの「青黄」についてほとんど忘れられてしまっていた。そして四十年前に起こったあまり名誉ではない事件、つまり船の一族が村に上がった事については、誰も語りたがらなかった。「私」が村に着くと、ある老人に話を聞きに行った。初めはその老人も「私」に見向きもしなかったが、どうにか粘って「九姓漁戸」の末裔が陸へ上がった朝の出来事について聞きだすことができた。ある梅雨の涼しい朝、中年男が一人の痩せた少女を連れて村へ上がってきた。彼の娘の名は「小青」だったと思うが、今は名前を変えて村の片隅に住んでいるという。しかし、「青黄」という言葉についてはまるで何も知らなかった。

実は九年前にも「私」はこの麦村を訪れた事があった。その時にある男と知り合いになった。その男はたまたまこの麦村を通りかかっただけであったが、日が暮れたので村の外科医の家に一緒に泊まることになった。その夜に大雨が降り出して、夜中にふと横のベットを見ると、一緒に寝ていたはずのその男がいなくなっていた。雨音の中でうとうとしているうちに、男は帰ってきた様子であったが、不思議なことに足の親指を何かで切ったらしく血が出ていた。

「私」は手がかりを探すため、九年前に泊めてもらった外科医の家を再び訪ねた。すると、外科医は妓女船から村に上がった男についてはは詳しく知らない様子であったが、男が船から村に上がって再婚をし、その十二年後に亡くなったと教えてくれた。「青黄」という言葉について聞いてみると、意外なことに彼の答えは妓女の分け方が二種類あって、青は若い妓女の事を指し、黄は老いた妓女を言うのだろうという事だった。それから彼は村へ上がった中年男の棺桶をもっている康康という若者も紹介してくれた。この若者は今でもその中年男の棺桶を穀物入れに使っているという。「私」は棺桶のなかに家系譜か何か入ってなかったかと質問すると、彼は次のように答えた。

「なかった、何もなかったって言ってるんだ。骨さえもなかったんだよ」。

私はあっけにとられた。

「初めは腑に落ちなかったさ。こんちくちょうのあのよそ者は、なんで髪の毛の一本も骨の一つもねぇんだ？　もしかしたら彼の墓はとっくに誰かに盗まれていたのかもしれん。この事は弟と俺以外に誰も知っちゃいねぇ。今でもやっぱり怖ぇぇんだ。時々、ほんとにあの稲入れを割って、薪にでもして燃やしてしまおうかって思うよ」。

それから、船から村へ上がった中年男の娘である小青からも話を聞くことができた。小青は村人が彼女達父子に如何に冷たかったかについてしきりに話し、また父の可哀想な様子についても話した。そして自分が遭遇した強姦殺人事件などについても語り始める。その日、彼女は継母と夜なべをしていた。するとふと灯りが消えて、誰かが入り込んで来たようだった。暗闇のなかで何があったかわからなかったが、酒臭い匂いがして、男が小青の体を触るのがわかった。その事に気がついた継母は彼女をかばって自分が身代わりになると、男に泣きついた。しかし男は継母を鎌で切りつけた。小青は「今から考えてみると、二翠（継母の名）はその時に男を止めるべきじゃなかったんだ。こんな事はあたしがちっちゃな頃から船上で見慣れてたんだからね。（中略）それからある日、村のおばばがうちに来て、あたしに嫁ぎたいかどうか尋ねたんだ。いいよって答えると、何日かたって、今の家具大工のところに嫁いだんだ。夫はいい人だよ」と言った。そして「私」は父親が本か何か書いてなかったかと尋ねると、小青は父は文字も読めなかったと答え、「私」が家系譜が残っていないかと尋ねても、何も知らないと答えた。村人は誰もが「青黄」について無関心であり、そのようなものは存在しないかのようである。そしてそれぞれの村人が語る「青黄」についての意味はばらばらで繋がっていない。

小説にはもう一つの裏の話がある。調査に来た「私」は村の外科医の家である男と同宿をし、男は暴風雨の吹きすさぶ真夜中に外に出た様子であった。その晩、あの小青の家であの強姦殺人事件が起こった。この話の詳細については、「私」は「青黄」を調べる過程で小青から聞き取りをしていた。しかし強姦殺人犯があの夜に知り合った男であるとは思いも寄らず、「私」はこの旅で知り合った犯人の男と長く交友関係を継続していた。男が亡くなったという知らせを聞いて男の家を訪ねると、「私」はこの男の家で彼の飼い犬の名が「青黄」であることを発見する。結局、この小説の主人公は最後まで「青黄」の意味が摑めない。「青黄」の意味として、妓女の編年史、妓女の等級、妓女の名前、犬の名前、植物の名前があげられているが、どれもはっきりしない。一般的に主人公は、登場人物の記憶を統括する存在であり、登場人物の話を一本の筋でつなげると「青黄」の意味がわかるはずなのだが、最後まで「青黄」の意味は不明である。

この小説は「私」が過去の妓女船の歴史に関連がある「青黄」という言葉を調べるという表の物語と、同時に「私」のいる「現在」において、悲しい強姦殺人事件が起こっているという裏の物語が存在している。「私」は「青黄」という言葉の意味を調査する過程で、ある老人から妓女の分け方が二種類あって、青は若い妓女の事を指し、黄は老いた妓女を言うのだろうという答えを聞き取っていた。そして、船から上がった中年男の連れていた娘の名が「小青」という名であり、強姦事件の時に「小青」はまだ少女であった。彼女のために犠牲となった義理の母は年老いていた。後に「私」は強姦殺人犯の男の飼い犬が「青黄」という名前であることを発見する。つまり、「青黄」とは「私」の出会う強姦殺人事件を暗示しているのであるが、「私」は全くその事に気づいていない。

また、小説の題は「青黄不接」という成語を連想させる。この言葉は春夏の季節交代に食いつなぐ穀物がなくなることを意味することから考えると、「継ぎ目が断絶していること」自体をテーマとしていることが推測される。つまり、主人公「私」は村人から「青黄」の歴史的意味を探ろうと試みるが、結局はその意味を摑むことができない。反対に、「私」は自らが体験した強姦殺人事件についても、体験をしていながらその意味に気がつかず、見過ごしてしまう。このように、時間の流れに流されてしまった過去の事件は、それを体験したはずの歴史の当事者からもすり抜けてしまい、ましてや外から来た者が再現できることは決してありえないのである。

五　「歴史」の不可能性

陳暁明は『無辺の挑戦』において、格非の『青黄』を「空缺」という言葉で説明している。「空缺」とは「vacancy」の訳語であり、「空隙」「空位」等とも訳される。陳暁明は次のように述べている。

例えば、格非の『青黄』は「不在」を追う物語である。「青黄」は叙述の起源であるが、叙述が進むにしたがって曖昧になっていく。「青黄」はそれに対するさまざまな解釈や関連事件によって覆われ、疑問の中心地——一つの能記（シニフィアン）の「非在」となる。叙述の意味作用は二重の逆説となっている。叙述は「青黄」を論じれば論じるほど、「青黄」から離れていき、「青黄」から遠く離れると、却って「青黄」の中核に迫る。(7)

また、陳暁明はこの「空缺」とは対照的な「重複」というキーワードで、『時間を渡る鳥たち（褐色鳥群）』を分析している。『時間を渡る鳥たち』は三つの環が螺旋状になっている。まず、第一の環。最初「僕」は棋を全く知らないが、棋は「僕」のことをよく知っている。しかし再会のときは、反対に「僕」が棋のことを覚えているのに対し、棋は全く知らないという。第二の環は、「僕」は市内で美しい女性を見かけて跡を追い、数年後に彼女と再会するが、彼女は子供の頃以来市内には行ったことがないという。第三の環は、雪の降る日、「僕」は女性を見失ってしまい橋を渡らずに帰ったが、彼女は翌朝河から若い男性の死体があがったという。この三つの環は互いに重なりつつも、矛盾をはらんでいる。棋とは昔からの知り合いなのか、それとも全く見知らぬ同士なのか。跡を追った女性は市内に行ったことがあるのか、それとも子供の頃以来出かけたことがないのか。「僕」は雪の舞う日、半分壊れた橋から転落して死んでしまったのだろうか。それぞれの人物の記憶は微妙に食い違い、ずれているのである。この構造を陳暁明は「重複」と呼び、次のように述べている。

　　先鋒小説の叙述技巧の駆使において、「重複」は「存在もしくは不在」の思考がとり入れられている。「重複」によって、存在と不在の間の境界線が取り除かれ、重複するたびに歴史の確実性が根本的に懐疑され、歴史は自己意識のなかで自らディコンストラクションする。例えば、格非は『時間を渡る鳥たち』のなかで意識的に重複を用い、存在の歴史的根拠を解体している。重複によって、過去と現在は同時に幻の境地に陥る(8)

　この「重複」とはポストモダニズム文芸評論用語「interability」からきていると思われる。格非の『時間を渡る鳥たち』は「重複」という技巧を用いることによって、意識的に物語の整合性、確実性を取り除いた。これは「歴史」という概念を根底から覆す手がかりを示唆していると陳暁明は指摘している。

これをわかりやすく解説すると次のようになるであろう。「私」的な体験や記憶は、実はそれ自体で何らかの権威をもつ公的な「歴史」を構成することはできない。皆が共有している「歴史」となるには、警察の捜査、新聞の報道、学者の調査などの「公」の回路を通らなくてはならない。「私」的な記憶は生身の人間の経験から形成されるが、公の「歴史」は何らかの社会的な回路を通ることによって出来上がるものなのである。しかし格非の小説において、登場人物の「私」的な体験はそれぞればらばらに存在し、かつ「公」の回路と断絶しており、そのために両者が繋がって統一した「歴史」を形成することがない。

また、これらの小説における「意味の不在」は、「歴史の文字としての存在と歴史の事実としての存在に横たわる乖離」を現していると、陳暁明は述べている。

叙述方式はここでは単に人類の歴史の存在方式に対する一つの模擬に過ぎない。つまり、歴史の文字としての存在と歴史の事実としての存在に横たわる乖離である。歴史言説はその鍵となる部分の欠如のため、信頼性が欠け、そして歴史言説のあり方は元来空缺を消去することは不可能であり、空缺は常に問題のあるところに発生する。歴史は、終始隠蔽や不完全な記述によって、歴史事件の全過程を構築してきた。これらの空缺は不在の言説であり、つまり叙述が意識的に遺漏し抑圧した部分は、「全体としての」歴史を転覆する可能性を持っている。存在を信頼できないものとし、不在は歴史の実際の存在である可能性を持っている。(9)

「歴史記述」は物語と同じ構造を持っている。そこには「はじまり」と「おわり」があり、「原因」と「結果」があり、ある事件を起こす人物には必ず動機があり、ある出来事には必ず結末があり、時間は一直線であり、解釈は一つである。ある事件の記述が「歴史」となるためには「空缺」は許されず、矛盾も許されない。しかし「事実としての歴史」は「文字としての歴史」と常に乖離しており、「空缺」を抱えている。「文字としての歴史」は「空缺」を故意に抑圧することによって、その完全性と信頼性を保っているが、「空缺」はこのような「文字としての歴史」の不確実性を暴き、それを根底から覆す可能性を有している。

格非の作品では、このような「文字としての歴史」と個人の体験や記憶の乖離が主題となっている。このテーマは九〇年代以降の作品により具体的なかたちで示されるようになるので、そこでより詳細に見てみたいと思う。

【注】

（1）「作家格非回憶創作歴程」（『新京報』、二〇〇四年一二月一六日）参照。
（2）「格非伝略」（『当代作家評論』二〇〇五年、第四期）。
（3）「格非伝略」。

（4）「十年一日」（『格非散文』、浙江文芸出版社、二〇〇一年九月、二三～二四頁）。
（5）「作家格非回憶創作歴程」参照。
（6）この作品は『藍・BLUE』二〇〇二年第二期に掲載された後に、『天涯』二〇〇三年二期に転載された。その後、韓忠良編『21世紀中国文学大系：２００３年短篇小説』（春風文芸社、二〇〇四年二月）にも収録されている。
（7）陳暁明『無辺的挑戦――中国先鋒文学的後現代性』（時代文芸出版社、一九九三年五月、一〇八頁）。
（8）陳暁明『無辺的挑戦』、一一七頁。
（9）陳暁明『無辺的挑戦』、一〇九頁。

第二部　先鋒派と記憶

第四章　虚構のちから〈蘇童〉

一　『井戸のなかの少年』

蘇童は小説を「家」に喩えて次のように述べている。

小説は魂の逆光である。作家は魂の一部を作品へ注ぎ込み、自分の血や肉を小説と分かち合う。作家は何らかの特殊なマークを全ての箇所にそれぞれつけていき、自分の見つけた方法や方式でもって細かい場面や会話をそれぞれ組み立て、それから作家自身の審美観に従って小説という「家」を建てていく。これらは孤独な者の勇気と知恵を必要としている。作家はこの出来上がった家に一人誇り高く座り、読者が好奇心を抱き、家の周りをめぐって見させるようにする。私はこれこそが小説の効果の一つであると思っている。(1)

美しいイメージを凝縮度の高い言葉によって巧みに紡ぎあげていく蘇童らしい発言である。この他にも小説を「現実生活を沈殿させたあとの一杯の純粋な水」に喩えている。[2]しかし美しい比喩によって綴られた創作談は、創作の一部とみなすことは可能かもしれないが、そこから具体的な創作方法を採り出すのは難しい。蘇童は小説という家をどのようにして建てていくのだろうか。

蘇童の作品に、大学の図書館員のアルバイトをしながら、作家を目指す青年を主人公とした中篇小説『井戸のなかの少年（井中男孩）』がある。この作品は蘇童の小説のなかでも一風変わった小説である。ある日、主人公の青年は、書店で井戸と水車と月が表紙に描かれた紺色の本に目がとまり、心が強く惹きつけられる。この本はドイツ人作家、ステファン・アンドレスが書いたもので、中国語では『井中男孩』の題で訳されている。[3]主人公の青年は、この小説から自分の故郷にあった井戸を思い出して、そこでステファン・アンドレスの作品を模倣して小説を作ってみようと思い立つ。

蘇童の『井戸のなかの少年』の時代設定は、ちょうど一九八〇年代の新時期の文学ブームから一九九〇年代にかけてと思われ、時代的にはほぼ蘇童自身の年齢と重なっている。蘇童が北京師範大学卒業後、南京芸術学院で教育補助員の職に就き、本格的に投稿を始めた頃である。

『井戸のなかの少年』は入れ子式という構造をとっている。つまり、小説のなかには主人公の書く同名の小説【井戸のなかの少年】が引用されている。そして小説のなかには、蘇童と自分の小説との関係が無意識のうちに反映されていると推測される。そのため、ここから蘇童の小説世界が如何にして構築されているのかを理解する示唆を得て、蘇童の創作方法を探ってみたい。

尚、蘇童の小説は『井戸のなかの少年』、小説中小説は【井戸のなかの少年】、翻訳書は「井戸のなかの少年」とする。主人公の青年は「俺」と表記し、【井戸のなかの少年】の少年は「僕」と表記する。

二　少年「僕」の物語―小説のなかの小説【井戸のなかの少年】

主人公「俺」は大学を卒業後に小説家になることを目指して、【井戸のなかの少年】を書いている。この【井戸のなかの少年】はドイツの作家、アンドレスの「井戸のなかの少年」を書店で見つけて、そこからヒントを得て創作しようと思い立った小説であった。アンドレスの小説はアンドレス自身の少年時代を描いた自伝的小説である。「俺」の書く【井戸のなかの少年】は冒頭にはアンドレスの小説がそのまま借用されているが、次第に「俺」自身の創作へと変わっていく。【井戸のなかの少年】は「はじめ」「第五章」「第十章」「おわり」の四箇所が蘇童の小説中に引用されている。「はじめ」の部分は翻訳書「井戸のなかの少年」の第一章「揺籃、月、水」の一部をそのままそっくり引用したものであり、また「第五章」もほぼ同じである。まず「第五章」の部分からみてみよう。

ある日、主人公の少年「僕」は中庭に井戸を見つける。「僕」が上から覗き込むと、そこには逆さまの世界が広がっており、なかからは見知らぬ男の子がこちらを見上げていた。

【第五章：僕はこっそりと井戸へ近づいた。（中略）僕は近くから石を一つ運んできて、石の上に立って井戸のなかを覗き込んだ。ほんとに驚きだ。なかからちっちゃな男の子が上の方を窺っている。（中略）時間が長く長く過ぎていって、僕は男の子が水の中にいることを忘れてしまった。彼のうしろには天空が広がっている、ちょうど僕の頭上に天空があるのと同じように。僕は井戸の端から体をぐっと乗り出した。男の子も僕がやったようにやるのが見えた。彼は僕の真似してると感じた。自分にたずねてみた、今、僕が井戸に飛び込み、彼をめがけて飛び込んだら、僕はあの下の空に沈んでいけるかな。下の男の子は落っこちちゃいないけど、したいと思いさえすれば、すぐにでもあの限りなく広がる蒼のなかに自分を沈められる。彼は天井にとまっている蝿のように逆さまにぶら下がってる。きっとすごく楽しいはずだ。そんな風に下へと沈んでいき、だんだん深く沈んでいけば、天空の中まで沈み込めるんだ】。

「この小説の十章以降は自分自身のものだとわかるだろう」と主人公の青年が語っているように、ここから【井戸のなかの少年】は翻訳から離れていく。

ある日、井戸の男の子は、突然髭面の男へと変身する。

【第十章：僕は逃亡者が一人北からやってきたと聞いた。顔は天使のように美しく真っ白だが、手製の銃で十二人の子供を殺したのだ。その逃亡犯が僕らの田舎町にやってきたのは、まさに十三人目の子供を捜すためだと、人が言っていた。（中略）ある日、僕が井戸端で木蓋を開くと、井戸のなかでは少年の蒼い瞳が僕を見つめており、彼の眼差しは僕と同じように恐怖と好奇心に満ちていた。（中略）僕と井戸の少年が互いに見つめ合っていると、井戸が突然波立ち、井戸の少年の顔に変化が起こった。彼の顔はあっという間に大きく長くなり、濃い頬髭がびっしりと生えたのだ。僕が顔をあげると、井戸端に見知らぬ男が一人立っていた】。

「僕」はますます足繁く井戸へ通い、父は「僕」が精神を犯されたとみなして部屋に監禁してしまう。しかし、父が鍵をかけ忘れた隙に、「僕」は部屋をそっと抜けだして――

【おわりに：井戸のふちには濃い緑の青苔がすでに生えており、僕はその青苔に伏せて井戸を覗き込んだ。こんな風にして、僕は井戸のなかの男の子とふたたび対面した。彼の顔はすでに他人のようになってしまっていた。あんなに青白く、あんなに憔悴し、目つきもうつろになって何も見えていないかのようだった。（中略）続いて起こったことは夢か真かわからなかった。父が目をかっと見開いて、僕を高くもち挙げて井戸へとほうりこんだのだ。ぼちゃんという大きな音がして、僕は冷たい井戸へと沈み込んだ。そこは果てしない蒼い世界だった。僕は魚のように敏捷に沈んでいく。あの神秘的な井戸の少年が僕に近づいてくるのが見えた。彼の鶩鳥達が歌いながら僕のほうへと泳いできた。自分が永遠に井戸のなかで生き、井戸の少年ために鵞鳥達を見張るだろうと僕にはわかった】。

父の掟を破った少年はとうとう父親に井戸に投げ込まれ、井戸のなかの天空へと沈みこんでしまう。そこには果てしない蒼い世界が広がっていた。

「蒼」と「死」は蘇童の小説における中心的モチーフとして用いられることが多い。ここでも少年「僕」は井戸のなかの蒼い世界にひたすら憧れるが、そこには死が待ちうけていた。

三　青年「俺」の物語―蘇童の小説『井戸のなかの少年』

大学卒業の後、「俺」は親の帰郷を促すのも無視し、定職にも就かずぶらぶらしている。かつて大学時代、「俺」は熱烈な文学青年で、老皮と霊虹という同級生と共に同人誌を作っていた。大学側からガリ版器を使わせて貰えないなどの圧力をかけられると、父からもらった自転車を売りはらってまで同人誌を発行したものだった。しかし、この同人誌に詩を投稿してもらった若手人気詩人、水揚を訪ねた頃から、文学への情熱が虚偽のように思えてくる。霊虹はそんな「俺」を全く理解できない。むしろ崇拝する詩人をばかにした「俺」に対して腹をたてる。水揚への態度の相違は二人の文学への態度、人生観への相違と発展していく。霊虹はもともと親友の老皮の恋人だったのを、「俺」が奪い取って自分の恋人にしていたのだが、いまや霊虹は「俺」にも愛想を尽かし、詩人の水揚のところへ飛び出してしまっていた。

霊虹と別れた後、「俺」は夏雨という女子学生とつき合いはじめる。彼女とのつき合いは女子寮の窓から水を浴びせかけられたことがきっかけだった。謝りにきた彼女は、「俺」が小説を書いているのを見て「今の社会って、誰だって小説や詩ばっかり書くのね。気色悪いったらないわ。小説が精神の空虚さを補ってくれるとでもいうの？　世界中が振りをしているだけなのよ。そこらへんを歩き回っても白黒の仮面をかぶっているような奴ばかり。人間味も色気もありゃしない。女は天真爛漫って顔をして、男は深刻ぶる。でもみんな振りにすぎないんじゃないの？」と笑い飛ばす。彼女と関係を結んだ後も、「俺」は「俺だけがごろつきで悪者で犯罪まがいのことをしてるってわけじゃない」と自分を慰め、「夏雨の血を探してみたがなかった。二人の女の子の違いがここにある」と思う。夢見がちな文学少女の霊虹と違い、夏雨はカフェバーに通って遊びに興じる冷めた女性だった。

しかし「俺」は自分の惨めさを感じながらも、どうすることもできない。文学ブームは既に過去のものので、ロマンを求めて新疆へと旅だった老皮は、夢に破れて戻り、今でも霊虹が忘れられず、なんと水揚のところで一緒に暮らし始める。かつての仲間が落ちぶれていくさまを目の当たりにして、追い詰められた「俺」は、暗闇のなかでかつて故郷でみた殺人犯の幻覚をみるようになる。

それでもなんとか「俺」は【井戸のなかの少年】を完成して雑誌社へと投稿し、採用の電話を待っていた。電話がかかり、期待に胸を高鳴らせて受話器をとると、それは霊虹の自殺の知らせであった。霊虹は老皮とよりが戻ったのを水揚に発見されて、自殺を図ったのだ。「俺」は老皮へ向かって「新疆へ帰れ」と悲痛に叫ぶ。

夏ももう終わりに近づく頃だった。恋人の夏雨が妊娠して退学処分を受けた。「俺」は夏雨とその取り巻きに出くわすと、恐ろしくなって家へ逃げ帰る。そこで「俺」が発見したのは母の失明と絶縁を告げた父の手紙だった。「俺」は絶体絶命の危機に陥り、またしても暗闇のなかで逃亡犯となり、故郷の小路を逃げ回る幻覚に襲われるのだった。

四　井戸のなかに映る姿

小説中の小説の少年「僕」は井戸のなかに見知らぬ男の子をみつけて魅せられてしまうが、それが自分の姿だと認識していない。この小説中小説は「俺」の五歳のときの体験をもとにしている。

五歳のとき、俺はもう少しで中庭の井戸で命を落としそうになったのを思い出した。井戸の端にうつ伏してのぞきこむと、水のなかでゆらゆらと変る一つの顔が見えた。それは俺のようではなかった。体を乗り出して彼に触れようとすると、冷たい井戸のなかに落ちてしまった。

この奇妙な【井戸のなかの少年】には、実は「俺」の心理と感覚が反映されている。一九八〇年代の新時期、中国は文革の反動で空前の文学ブームが起り、「俺」もご多分に漏れず小説家となることを目指した。しかし、九〇年代に大衆消費社会が到来すると、このブームもあっという間に過ぎ去り、理想は見事に破れてしまう。九〇年代の大学生、夏雨の「今の社会って、誰だって小説や詩ばっかり書くのね。気色悪いったらないわ」という言葉は、このような年齢的なずれをあらわしている。

夏雨と霊虹と名づけられた二人の女性は対照的な役割を担っている。「俺」は「夏雨」の中国語の発音から「下雨」を連想し、窓から水をかけられた時に「なんて雨を降らすのが上手いんだ」と皮肉るように、この名前は「雨が降る」という意味を暗に含んでいる。「霊虹」は消えやすい虹である。冷たい現実と消えやすい夢。「俺」は霊虹に象徴される青春時代の夢を捨てきれずにいる。すでにそれが虚偽に過ぎず、現実ではもう何の意味ももたないことを自覚しているものの、夏雨に象徴される理想のない空虚な現実にも飽き足らないでいる。かといって、父が歩んできたような地道で足がしっかりと地についた生活もしていない。

「俺」は今の現実と合わない過ぎ去った愛と理想にこだわり続け、現実と理想との狭間で揺れ動いている。それはちょうど少年が井戸のなかの存在し得ない別世界に憧れるようなものである。少年は父から井戸へ行くのを禁止されている。ここで、父とは社会秩序の象徴となっている。少年が父に逆らって井戸へと走るのと同様に、「俺」も大学卒業後に定職に就かず、女子学生を妊娠させるなど社会秩序に反する行為をしている。

【井戸のなかの少年】が模倣から創作へと変わる契機は、井戸のなかに映る少年の像が髭面の見知らぬ男へと変化する場面からである。危機に陥った「俺」は逃亡犯の幻覚をみる。

　その晩だった。俺はひとりで静寂がはりつめたなか、湿った石畳の通りで家の門を探していた。そのなかの一つの通りは俺が子供の頃に輪回しをしながら通った通学路で、三百メートルあって、その突き当りにはうちの庭があったのを覚えている。しかし俺はどうしても最後まで行き着かず、繋った桐が幾重にも絶えず俺のそばを掠め、無数の似たような井戸を過ぎても、どうしてもその道は終わらなかった。

　通りの反対側でばたばたという足音が聞こえ、一つの人影が暗闇の向こうから走ってきて、俺の肩を掠めた。彼が振り返って俺に笑いかけると歯が星のようにきらっと光った。俺はそれがあの南の町の逮捕から逃れた有名な逃亡犯だとわかった。

逃亡犯はまさに危機的な状況に置かれている現在の我が身である。つまり、井戸に映る姿とは社会という鏡に映る自己像の象徴である。(4)【井戸のなかの少年】のなかで、少年が井戸に映る姿を自己と認識できないのは、「俺」が社会のなかでしっかりとしたアイデンティティをもっていないことを示している。井戸に映る少年の姿が一瞬にして髭面の男に変わるのも、「俺」が夏雨の妊娠などで次第に追い詰められていくさまを暗示している。最後に少年は父の怒りに触れて井戸に投げ込まれてしまうのだが、「俺」は父から勘当を言い渡される。そして元恋人が自殺し、今の恋人は妊娠して退学させられ、「俺」は遂に破滅に至ってしまう。このように分析を進めると、【井戸のなかの少年】には現実社会で居場所を見出せない「俺」のアイデンティティの危機がこめられているのである。

以上のように、小説中小説【井戸のなかの少年】は「俺」の社会生活と緊密な関係をもっている。しかし、興味深いことに、創作している小説【井戸のなかの少年】においては、「俺」の現実生活におけるさまざまな具体的な出来事は一切省かれてしまっている。「俺」の理想、二人の恋人との関係、社会への不満や矛盾などは自分の書いている小説のなかには全くもちこまれていない。【井戸のなかの少年】は、ただ少年が井戸のなかの世界へとひたすら憧れ、父親に投げ込まれてしまうというだけの物語にすぎない。この物語だけから「俺」の生活を想像することはほとんど不可能である。

五　現実生活を沈殿させたあとの一杯の純粋な水

興味深いのは、この【井戸のなかの少年】が蘇童の一連の短篇小説と似ていることである。例えば、蘇童には少年を主人公とした短篇小説が多くある。これらの小説は【井戸のなかの少年】のように、主人公である少年の目から見た不可解な世界が美しく描かれている。そして、ちょうどクライマックスにおいて主人公の少年が井戸に投げ込まれてしまうように、不気味で意外な結末も類似している。

蘇童は『虚構への情熱（虚構的熱情）[5]』という文章において、

> 全ての小説は主観世界に立脚しており、現実生活のなかに根を下ろしているが、それの伸ばしている枝葉は一人の作家の主観世界よりも広くあるべきで、一人の作家が見聞きした現実生活よりも高くあるべきで、この両者の足し合わせよりも豊富で多彩であるべきである。（中略）一人の作家の場合、生涯の仕事にとって極めて重要なのは虚構である。虚構は作家が物事を認識する際に重要な手段の一つとなるべきである。

ここで、「虚構」は作家自身の現実生活に基づきながらも、その現実を乗り越える手段であると述べている。「俺」の書く【井戸のなかの少年】からは、作者の現実社会における生活、社会に対する批判や感想などの具体的な細部が全て省かれていた。しかし、この二つの物語は無関係かというと決してそうではなく、「井戸のなかに映った自己像が自分と思えない」という点においてはつながっている。(6) 「俺」は自己の社会的役割への同一化不全で悩んでいる。そして、この悩みが【井戸のなかの少年】では「自己像が認識できない」というテーマとして高度に抽象化されて、反映されているのである。これが蘇童のいう「現実生活を沈殿させたあとの一杯の純粋な水」の喩えに相当すると思われ、一種の抽象化と呼ぶことも可能であろう。

蘇童の小説はこの【井戸のなかの少年】と似た奇妙な物語が多く、時代、ストーリー、社会的背景などから小説の主題を探るのは難しい。これは、蘇童が現実生活における「感覚」をエキスとして蒸留し、それを中心にしてさまざまな材料を借りてきて、小説を組み立てているからであると思われる。時代、舞台などが全く異なる小説が読者に何か共通する「感じ」を与える秘密はここにある。

【注】

（1）蘇童「小説家言：蘇童」（『人民文学』八九年三期）。

（2）蘇童「虚構的熱情」（『蘇童散文』浙江文芸出版社、二〇〇〇年一〇月）。

（3）Stefan Andres "Der Knabe im Brunnen" 1953　この小説は中国語に訳され、安徳雷斯『井中男孩』（外国文学出版社、一九八五年一一月）として出版されている。この本の表紙も小説の通り、青い表紙に月が描かれているので、小説中にでてくる本はこの本を指していると思われる。

（4）「クーリーは、既に、『人間性と社会秩序』（一九〇二）において、この自我の社会性について、「鏡に映った自我」という概念でもって的確に表現している。彼によれば、人間は自分の顔や姿を鏡に映す。そのことによって、自分自身の顔や姿のありさまを知る。そして、それに対して喜んだり、悲しんだりする。このことと同じように、人間は他の人間のうちに自分を見る。自分の姿、マナー、目的、行為、性格が他の人間の中にイメージされている。それを想像を通じて、人間自身が自己認識する。それによって、自己の自我を形づくることができる（船津衛『自我の社会理論』恒星社厚生閣、一九八三年一〇月）」。

（5）蘇童「虚構的熱情」。

（6）「鏡像」に関する描写は、蘇童の他の小説においてもよくテーマとなっている。その例をあげてみよう。例えば『祖母の季節』では、祖母は湖に映る自分の姿が祖父に思える。「祖母は湖の畔に震えて立ち、さっき祖父の顔を見たと私に告げた。彼女は目がチカチカしたのでなく、確かに私の祖父だったと言った。（中略）彼女は冷たい湖に裸足で立ち、湖を見下ろし、またあれの顔を見たと言った。祖母が湖の中で、話したり笑ったり泣いたりし、本当に何かが見えたのかもしれないと、湖に網を下ろしに行った人は皆言った」。新婚五日にして捨てられた祖母は、村人から「小蛇児（祖父の名）の奥さん」と呼び続けられ、生涯祖父を待ちつづけた。そのため、祖父は自分自身であると彼女自身も認識していた。蘇童の代表作『妻妾成群―紅夢』にも、女性主人公の頌蓮が庭を散歩していて、ふと古井戸があるのを発見する場面がある。「頌蓮は井戸の方へ行った。（中略）頌蓮は地面から藤の葉を一枚拾い、じっくりと眺め、井戸にほおりこんだ。葉は青みがかった淀んだ水に一片の飾り物のように浮かび、映った彼女の影を一部、隠した。そのため、自分の目を見ることがどうしてもできなかった。頌蓮は井戸の縁に沿って一周まわったが、自分を見られる角度をどうしても見つけられず、奇妙に感じた。一枚の藤の葉なのに、どうして？　と思った。午後の日差しが井戸のなかでゆらめき、白い光へと変わる。突然、頌蓮はある恐ろしい想像に襲われた。一つの手、一つの手が藤の葉をもって彼女の目を覆っている、こう考えると青白い濡れた手が本当に見え、深い井戸底から這い上がり、彼女の目を覆った」。頌蓮は井戸に映る自分の目が塞がれていると感じ、目を見ることができない。これは教育を受けた若い女性が金持ちの老人の妾として暮らす生活の中で、社会における自分の姿を確認できないからである。他に『米』における五龍の失明も同様の意味をもっている。

第五章　深層の記憶〈格非〉

一　『痴人の詩』

格非も蘇童、余華に続き、幻想的な色彩に彩られた前衛的な手法で自らの少年時代を小説にしている。ただ、格非は少年時代それ自体を対象とした小説はなく、少年時代の思い出が成人になった現在に立ち現われてくるというかたちで描いている。『痴人の詩（傻瓜的詩篇）』は、ある青年医師が少年時代に体験した文革を、「記憶」を通して描いた小説である。主人公はオルガンの音色に導かれて遠い少年時代を思い出し、狂気の世界に踏み込んでいく。

このように先鋒派の小説には「もう一つの世界」がよく登場する。蘇童の『井戸の中の少年』も「もう一つの世界」を描いた小説であった。主人公がオルガンの音色に誘われて深く沈み込む狂気の世界、現実とは異なる世界とは、少年時代の古い「記憶」と深く関係していた。

主人公の杜預は、医大卒業後に精神病院に配属される。精神病院は南方の町の旧フランス租界に位置しており、一見したところ精神病棟とは思えない洋風の建物であり、整備された中庭もついている。インターンの杜預はとりたてて仕事はなく、暇になると窓の外を眺めて過ごしていた。杜預は、大学在学中に発病した莉莉が噴水のそばで爪を切っているか、「プーシキン詩集」を読み耽るのを中庭でよく見かけた。莉莉の病状は軽く、虚言癖のようなものはあったが、精神安定剤を投与するぐらいの程度の処置で済み、一見するとごく正常にしか見えなかった。いつしか杜預はつややかな長い黒髪と整正な顔立ちの莉莉に心が惹かれていく。莉莉は詩をよく書いた。その詩は次のようなものであった。

ああ、痴人よ
わたしの崇高な王様
あなたの大きな涙でわたしの身を覆ってもらい
あなたの涙のなかで苦しみながら死んでしまいたい

杜預はこの詩を読むと、ふと少年時代のことを思い出した。それは杜預が十歳の誕生日のことだった。蠟燭を立てた誕生ケーキを父と母と三人で囲み、母が杜預に将来何になりたいの？　と尋ねた。杜預が答えられないでいると、母は詩人になったらどうかと促した。すると、父が「ふん、詩人だと」と否定し、母が取り繕って新聞記者になることを提案した。すると父はまた否定し、医者になるべきだと言った。これを聞いた杜預は夢を打ち砕かれた気分になった。杜預が一番嫌いな職業は医者だったからである。

杜預は美しい莉莉を見かけるたびに、莉莉への思いを強めていく。杜預が莉莉の病室に訪ねていくと、莉莉はやはり詩作をしていた。

わたしは不思議に思う
この春たけなわな季節に
なぜ真冬の景色が広がるのか
あなたは四月の窓辺で逝った
降り積もる雪のように一面に覆われた日差しのなかで逝った
わたしが死んだとしても、わたしは失うものは何もないのに
ああ、痴人よ
あなたの死は、未来すべてを持ち去ってしまった

この詩を読むと、杜預は愛読していた南米の詩人「アンジェリカを憶う」という詩に非常に似ていると感じた。その詩は

もしわたしが死んでも

わたしは意味のない過去を失うに過ぎないのに
あなたの死につれて
あなたは未来の全てを失ってしまった
星によって滅ぼされた
広がっていく未来を

杜預はこの詩が恋愛の詩であると感じ、莉莉が思いを寄せている男を想像して、一人で嫉妬に苦しんだ。

二　母への憧憬

春節（旧正月）も真近に迫った冬のある日、医師もスタッフも帰郷しており、病棟には人がほとんどいなくなった。そこで杜預はかねてからの悲願、つまり莉莉を自分の事務室に連れてきて二人きりになるという願いを、叶えることができた。いつもどおりに莉莉は杜預のそばに腰掛けていた。莉莉の座っているそばには旧式のオルガンが置いてあった。オルガンは小学校に置かれていたものと同じタイプのもので、少年の頃に体験した文化大革命のおぼろげな雰囲気が蘇ってくるのを感じた。杜預はこのオルガンを見ると、胸がざわめき、なぜか眩い太陽の光のイメージが浮かんできた。

　莉莉は杜預の思惑には全く気がつかないようであった。杜預は自分のしようとしている行為が如何にも野蛮なものに思われ、莉莉は全てを分かっていながら、狂人のふりをしているのではないかという恐怖に襲われた。しかし、杜預は自分の思いを抑えきれずに莉莉を抱きしめると、莉莉は震えながらしがみついてきた。二人はそのままで動かずにいると、通路から足音が響いた。突然の来客に、莉莉は奇妙なことを口走った。「いけない、お父さんが来たわ」と。杜預が不思議に思い、「なぜお父さんなんて、思うんだい」と聞き返すと、莉莉は「お父さんはわたしがお風呂に入っているとね、何にも言わずに、バスルームに入っていることが何度もあったわ」と答えた。杜預はここに莉莉の精神の病になったきっかけがあることに気がついた。足音は近づいてきて、急に部屋のスイッチが入った。それは同僚の医師であった。そして、二人を見ると、気まずそうに立ち去っていった。杜預が先ほどの話を聞き返すと、莉莉はバルコニーで「痴人」をみたと言っただけだった。杜預はこの「痴人」とは誰かと聞き返すと、莉莉は「誰かに縄で絞め殺された奴よ」と答えた。これを聞くと、杜預はまた少年時代が脳裏に蘇ってきた。それはバルコニーから何かが落ちていく光景だった。

　杜預はオルガンの上に莉莉を座らせて服を脱がしていった。ストーブの炎ですんなりした足が伸ばされているのがくっきりと見えた。

あわただしく乱れた動きのあいだ、つまさきが時々オルガンの踏み板にぶつかっていた。そのたびにオルガンは長く響く音を明瞭に響かせる。それは気持ちを悪くさせたが、痛快に感じなくもなかった。

莉莉は抵抗はしなかったが、突然大きな口を開けて笑い始めた。杜預はこの様子を見て、沈鬱な気分に沈み込み、自分の行為が恥ずべきものと感じてやめようとも思った。杜預は莉莉との交わりのなかでオルガンの音が聞こえてきた。オルガンの音色はかつて懐かしい少年時代へと彼の魂を連れていった。

彼の瞼にがらんとした教室のシーンがふと浮かんできた。耳のあたりまでショートカットの先生が、黒いスカートを穿いてオルガンに向かっている。すらりとした白い指が軽やかに鍵盤に触れると、オルガンの調べが軽快に響き、けだるい午後の空気を震わせている。その女性教師の厳かで、憂いに沈んだ瞳を見ると、杜預は自分の背筋が先生の指に撫でさすられているような気持ちになった。放課後、杜預はこの不思議な感覚を仲のよい友だちの一人に話した。その友達はしばらく考えていたが、鼻をこすりながら気取った口調で彼にこう答えた。

「不思議でなんかあるものか、それが音楽の魅力っていうものなのさ」。

オルガンの音は断続的にしばらく響いていた。夜もずいぶん更けてから、杜預は松林の静寂のなかを宿舎へ戻っていったのだが、彼の耳元には思い出のなかのオルガンの音色が絶え間なく響いていた。

オルガンの音色によって杜預自身の心の奥底に潜む母性への憧れが触発され、そしてそれが彼自身の隠蔽された思い出へと誘った。

母が毛糸の束を両手に抱え、部屋から（バルコニーに出てきて）彼のそばまで来るのだが、彼に何も声をかけない。杜預はわけの分からない悲しみを突然感じ、この穏やかな午後の日差しのなかで、何かがひっそりと死んでいったように思えた。（中略）それから彼は、コートみたいなオレンジ色のものが窓からふわりと落ちていくのを目にし、それはアパートの下の電信柱にひっかかり、バサッと音をたてて地に落ちた。

これが何を意味するのか、杜預にはいまだ思い出せなかったが、莉莉との新しい関係は確実に二人の心を変えていった。

三　過去

意外なことに、莉莉はこの日を境目にして精神病の容態が奇跡的に回復に向かっていく。莉莉は回復するにつれて詩を書かなくなっていった。そして莉莉の最後の詩は次のようであった。

ああ、痴人よ
わたしの高貴な王さま
縄でわたしを縛って下さい
わたしはわたしの青ざめた書巻でもって
あなたの高貴な一生に仕えたい

物語は、あなたのために
他の物語へと変わらないものはなく
一つの幻は、わたしの叫びのために
記憶のなかであなたに向けられた一生の眺めにならないものはない

この莉莉の詩に感動した年老いた女医は彼女を養女にして退院させることを決めた。莉莉の退院が決まってしまうと、杜預は莉莉と接触する機会がなかなか訪れなくなった。ついに莉莉は精神病院の外を散歩することを許され、杜預はそれに同伴する機会を得た。

五月の緑が萌えいづる美しい午後。二人は田んぼの畦に腰を下ろし、杜預は莉莉に詩のなかの「痴人」とは何を指しているのかと質問する。杜預はそれを問いただすことは意味がないということをわかってはいたが、詩のなかの「痴人」が自分であって欲しいという強い願望のために問いたださずにいられなかった。莉莉は、「痴人」とは彼女が昔飼っていた黒犬を指していると話した。

ある日、莉莉が学校から帰ると可愛がっている犬が見当たらなかった。父に聞くと、テーブルの上に積み上げられた骨を指さした。バルコニーに犬の皮が干してあるのが目に入った。それから、三日後に父は睡眠薬を飲みすぎて急死した。莉莉は自分が睡眠薬を入れたと語った。杜預はこの事件の詳細を知りたいと思ったが、まだ精神病から完全に回復していない莉莉から、それ以上を聞きだすのには無理があった。

その時、杜預はふとまたオルガンの音色を耳にする。

杜預はざわざわという麦の穂の音のなかで、遥かに彼方から響くような伸びやかなオルガンの調べをまた耳にした。この音は、昔のある時から今までずっと鳴り響いていたような気もした。杜預の心の奥底に隠されていたあの古くからの渇望を、このオルガンの音が激しくかきたてた。それに莉莉のそっと吐くため息も、この欲望をますます募らせる結果となった。

杜預はあの夜の出来事から莉莉と自分との関係が特別なものに変り、暗黙の了解ができたと思い込んでた。しかし、いくらか正気を取り戻した彼女は、今度は決然と杜預を拒否した。

その晩、杜預は父母の死因を完全に思い出す。文革時代、杜預は家宅捜索にきた紅衛兵に、彼らの腕章が欲しいという理由で、父に不利になる文書の在処を教えた。まだ幼い杜預は、この行為がいったい将来に何をもたらすのかということに対して全く意識していなかった。しかし、父は逮捕されて銃殺される。そして大雨が降るなか、杜預は母とともに父の遺骸を引き取りに行った。三ヵ月後に母は気が狂って、アパートのバルコニーから飛び降り自殺をする。

その日の夕方、杜預が学校を終えて、アパートの玄関前の湿った道を通りかかった時だった。見上げると、母がバルコニーにうずくまって窓ガラスを拭いているように見えた。窓ガラスのきらきらする反射がとても眩しい。このとき母は、バルコニーを乗り越えて飛び降りたのだ。その瞬間、オルガンの音が彼の後ろのほうから聞こえてきた。(中略)このとき通りはがらんとしていて、歩行者も車もいなかったが、オルガンの調べはずっと流れ続けていた。杜預はここではっきりと思い出した。この曲は音楽の教師が小学校の教室で弾いてくれたものであり、この調べを耳にするたび、呼吸がひどく苦しくなったということを。

父と母の死は杜預に大きな衝撃を与えた。この衝撃はあまりにも激しいものだったため、記憶の底に封印され、自分でも思い出せなくなっていた。これは彼の憂鬱のもととなり、彼を陰鬱な性格にした原因でもあった。しかし、この封印された感覚が莉莉との接触で、次第に表面に浮かび上がってくる。

杜預はこの事件を思い出し、ますます莉莉への恋心を募らせるが、もう莉莉と接触する機会は訪れなかった。そしてある嵐の晩、杜預は莉莉が入院している病棟へ忍び込むことを決める。杜預は工事用の梯子を上って莉莉の病室まで辿り着くが、雷に照らされた病室にはもう誰もいなかった。莉莉の退院の日、杜預の姿はそこにはなかった。それは杜預が精神病を発症したからであった。

杜預は精神病を患った莉莉に触れることによって、封印した過去を思い出し、反対に自らが狂気を患ってしまう。杜預は初めは莉莉の若く美しい肉体に目を奪われ、やがては彼女と性的交渉を持ちたいと願う。杜預が精神をもたない莉莉に心を奪われるのは、無条件で優しく抱擁してくれる母性への憧れでもあり、杜預は莉莉との交わりを通して、美しかった小学校の女性音楽教師への憧れを思い出させる。それは自らの母をそこに投影しているからである。

しかしオルガンの音色は、杜預の心の底に滞った母の自殺の原因を思い出させる。杜預は莉莉が自分の可愛がっていた犬を殺したために父を殺害したと語るのを聞いて、自らの罪を思い出す。杜預は普段から父に対してなんとなく嫌悪感を持っていた。そして文化革命中に無意識のうちに父を破滅へと追い込んでしまう。そのため母は自殺する。このように、父殺しと母への罪は杜預の精神を犯し、杜預はついに発病するに至ったのである。

四　反転する「わたし」と「あなた」の世界

ここでもう一度、莉莉の書く詩について分析してみよう。

この小説においては、杜預と莉莉が対照になるように配置されている。杜預の過去と莉莉の詩。杜預は莉莉の詩を見て、莉莉が思いを寄せている「痴人」が昔の莉莉の恋人かもしれないと想像したり、嫉妬したり、またそれが自分であって欲しいと願ったりしている。しかし同時に、杜預は莉莉の過去が「自分の記憶と莉莉の述懐のあいだに、右と左の手相が似ているような、あるいは相手の出来事が自分に起きた事件の影であるような、ある種の相似性が存在していると感じた」とあるように、二人の過去は酷似していると感じている。

わたしは不思議に思う
この春たけなわな季節に
なぜ真冬の景色が広がるのか

あなたは四月の窓辺で逝った
降り積もる雪のように一面に覆われた日差しのなかで逝った
わたしが死んだとしても、わたしは失うものは何もないのに
ああ、痴人よ
あなたの死は、未来すべてを持ち去ってしまった

莉莉は「痴人」が昔可愛がっていた黒犬だと言う。そして、この様子は莉莉が見た「バルコニーの物干し竿に犬の皮が干してあり、黒い毛が陽に照らされてきらきらと輝いていた」ことの暗喩として書かれている。しかし、これは同時に杜預が母の自殺を見た光景とも繋がっている。母がバルコニーから飛び降りる様子が「見上げると、母がバルコニーにうずくまって窓ガラスを拭いているように見えた。窓ガラスのきらきらする反射がとても眩しい」と形容されている。つまり、詩のなかにある「降り積もる雪のように一面に覆われた日差しのなかで逝った」というのは、杜預の母の死を意味しており、同時に「あなたの死は、未来すべてを持ち去ってしまった」とは、杜預自身の母の死への深い絶望を表している。

そして、莉莉の詩に

ああ、痴人よ

わたしの崇高な王様
あなたの大きな涙でわたしの身を覆ってもらい
あなたの涙のなかで苦しみながら死んでしまいたい

ここにもやはり杜預の母の死が暗示されている。母は父の遺体をリアカーに乗せて引き取りに行き、その帰り道で大雨に出会う。これ以後、杜預のなかで雨と父母の死が融合する。杜預は莉莉の退院間近に莉莉の病室に忍び込もうと試みるときに、激しい雨に遭う。その時──

母の面影が雨で暗く煙る闇のなかに浮かび上がり、彼ににっこり微笑みかけて、それから悲しそうに大粒の涙を流した……着ているものはすぐにびっしょりと濡れたが、彼は自分の影を踏みながら歩いていった。

「あなたの大きな涙にわたしの身を覆ってもらい、あなたの涙のなかで苦しみながら死んでしまいたい」とある詩の言葉が、大雨と母の涙の連想となっている。
また、莉莉の最後の詩は杜預の未来を暗示している。

ああ、痴人よ

わたしの高貴な王さま
縄でわたしを縛って下さい
わたしはわたしの青ざめた書巻でもって
あなたの高貴な一生に仕えたい

物語は、あなたのために
他の物語へと変わらないものはなく
一つの幻は、わたしの叫びのために
記憶のなかであなたに向けられた一生の眺めにならないものはない

杜預は莉莉にとっての「痴人」となりたいと願うが、実はこの詩は反対のことを意味している。莉莉の詩には「わたし」と「あなた」という人称がでてくるが、それは杜預が「わたし」に当たり、莉莉を「あなた」と読むべきである。杜預が精神を侵された莉莉を「痴人」と呼び、また「わたしの高貴な王さま」と呼んでいるのである。

杜預の莉莉へのこだわりは「縄でわたしを縛って下さい。わたしはわたしの青ざめた書巻でもって、あなたの高貴な一生に仕えたい」と表現されている。「物語は、あなたのために、他の物語へと変わらないものはなく」とは、杜預自身が莉莉のために次第に狂いはじめ、「一つの幻は、わたしの叫びのために、記憶のなかであなたに向けられた一生の眺めにならないものはない」とは、杜預が莉莉と接触するたびに母の記憶を蘇らせ、その思い出される過去が杜預の現在を侵食していくことを指している。

杜預は莉莉に触れるたびに無意識の扉が開いていく。もともと杜預は他人と上手く交流することができない。それは父母の死に原因がある。しかし、その父母の死も実は自らがもたらしたものであった。杜預にとって、父は自分の将来を左右してしまうような権威的な存在であり、圧迫感を感じており、無意識のうちに取り除いてしまいたいと思っている。そのため父の銃殺は杜預の嫌悪感からもたらされた結果ではないかということが仄めかされている。この「父殺し」は、ある意味で父の時代の規範への抵抗として読み取れる。

このように杜預は記憶を忘れ、過去からも断絶されているが、しかし過去を忘れたまま、莉莉と結婚して新しい生活を築く将来への道は開かれていない。莉莉が精神を回復して自分を取り戻すと、杜預を拒絶する。彼女の詩は杜預の過去を暗示し、また杜預自身の欲望の投影でもある。莉莉への思いは杜預の無意識の世界の反映となっている。そして最後に莉莉が精神を回復していく時、杜預は真っ白な莉莉の精神に自分の欲望を投影できなくなる。そして杜預は唯一心を開いていた莉莉に交流を拒絶されて、狂気へ犯されていくのである。このように、現実の影として描かれるもう一つの世界は、現実の深層に沈みこんだ無意識の記憶として描き出されているのである。

五　オルガンの音色に陶酔して

一九八〇年代から改革開放政策によって経済発展がますます加速し、外国の音楽やファーストフードなどの大衆文化が都市部に雪崩れ込みつつあった。中国が大衆消費社会へさしかかり始めた頃に、突然文革時代に流行った曲がもう一度ラジオから流れ始めた。それは有名歌手が文革時代に流行した曲をリメイクしたものであった。格非は「音楽と記憶」という文章のなかで次のように語っている。

五〇年代から七〇年代（特に文革時期）の音楽作品は、一般的に人に二つの全く異なる感覚をもたらす。魂が遭ったあの苦しみ、振り返るに堪えないあの記憶を消してしまいたいとひたすら思っていた聞き手にとって、音楽が再び流れることで、忘れられた年月を蘇らさせることになる。(1)

文革を過ごした人々にとって、それらの歌曲はとても聞き慣れ、耳に馴染んだ曲でもあった。彼らの青春時代は政治で塗りこめられた社会主義のカルチャーのなかにあり、それ以外は許容されない時代であった。毎日の労働のなかで、彼らは社会主義のカルチャーが染み込んだ音楽や絵画しかない時代に生きて、青春時代を送った。また若者にとっても、これらの歌曲はある種のノスタルジックな色彩に彩られた、古き閉ざされた時代を思い起こさせるものでもあった。

改革開放後、資本主義によって西洋のカルチャーが若者のカルチャーとして定着し始めると、かつての社会主義のカルチャーは消え去り、無くなったかのように思われた。しかし、過去は無くなったのではなく、幕下に退いたに過ぎなかった。

過去の時代は記憶と伝統の一部として、完全に終わったのではない。歴史の場面の転換に従って、我々は一晩にしてそれを根こそぎ抜き取ることはできない。われわれの現実はもともと伝統の土壌のなかに深く根を下ろしている(2)。

日常生活で感じることのない深層には過去の記憶が眠っている。その記憶を深層から表面へと浮かび上がらせる媒介となるのが音楽である。

確かに、ある歴史もしくは記憶の一場面を復元するのに、音楽ほど最適な媒介物はない。音楽の現れる前では、我々の心は無防備であり、その突然の到来によって、我々の心の奥深く隠された秘密に直撃する。そしてそれが復元したのは事物そのものではなく、ある種の全体的な情感、情緒、雰囲気、温度、色彩である。そのためそれはより鋭く、より要点を不意に撞くからである(3)。

音楽は現実の底に埋もれた深層へと人を誘い、現在から「過去」を垣間見せる媒体となる。主人公の見たもう一つの世界とは、改革開放後の経済発展のなかで、人々が既に忘れ去ってしまったかのようにみえる「中国の暗い過去」であり、文革の記憶なのである。

格非の小説には音楽がよく使われ、そのなかでも特にオルガンの音色はよく使われている。文革期に小学生であった格非にとって、学校でよく使われていたオルガンの音色は文革を思い起こさせるものでもある。オルガンの音色は素朴で、ぎこちなく、懐かしい感覚を人に与える。そして小説中ではオルガンの音色は息苦しくなるような圧迫感と焦燥感を触発し、母性への渇望や母の死の記憶を呼び覚ますものとして使われていた。(4) このように格非の小説において、文革は「現在のなかに蘇り、存在する」ものとして描かれている。次の章においては、無意識のなかに埋もれている少年時代の文革体験が先鋒派の文学にどのような意味をもち続けているのかについて見てみよう。

【注】

（1）「音楽与記憶」（『格非散文』浙江文芸出版社、二〇〇一年九月、八九頁）。
（2）「音楽与記憶」（『格非散文』、九一頁）。
（3）「音楽与記憶」（『格非散文』、九一頁）。
（4）小説『オルガン』のなかでも、趙謡がオルガンを弾きながら若い継母を思い出す場面がある。格非の小説ではオルガンの音色は女性を思い出す象徴として用いられることが多い。

第六章　文化大革命と六〇年代世代〈蘇童〉

一　先鋒派作家にとっての文革

十年の文化大革命が終わり、文革後の新時期文学を担った作家は「知識青年世代」（以下「知青世代」と略す）と呼ばれる世代であった。彼らはその輝ける青春の日々を、下放して辺鄙な田舎で過ごしたという苦痛の体験をもっている。そのため、知青世代の作家達にとって、青春時代と重なる文革が大きな意味を持っていることは多く指摘されてきた。

「尋根派（ルーツ派）」の前身は主に知青作家群であり、彼らの創作体験は主に知青としての個人的記憶からきている。（中略）時代の思想文化の雰囲気に合わせるために、再び個人の記憶は広げられ、民族、国家生存の根を探るという歴史問題にまで高められたのだ。(1)

一九八〇年代前半まではこの苦難の経験は、文革中の農村における労働などの苦労を描いた「傷痕文学」を通して文革批判へと直接つながっていた。しかし、一九八五年前後から農村で過ごした生活の記憶は、田園叙情の記憶へと繋がり、ここから「中華民族の文化の根を探る」という旗印に変えられて、「ルーツ」文学が生まれた、と陳暁明は指摘している。しかし、文革期に人生の青春時代を過ごした新時期作家よりも一世代ぐらい若く、一九六〇年代生まれの作家にとって、文革は彼らの作品にそれほど重要な影響を与えたとは見なされてこなかった。むしろ、先鋒派の文学が新時期文学から離れてしまったことが時代的、社会的変化を反映していると捉えられて、九〇年代以降の「知識人の周縁化」問題との関連性で論じられることが多かった。(2) しかし、陳暁明は文革体験が先鋒派作家にとって重要な意味を持っていることを指摘している。

我々の時代の「先鋒派」——或いは我々の時代の「晩生代」は伝統に対する本当の記憶は持っておらず、彼らの頭のなかや彼らの心の深いところに秘められている「文化記憶」——真の歴史感をもつ記憶も「文革記憶」だけである。(中略)そこで、これらのポストモダニズムと呼ばれる傾向は、外来文化に対する単純で実験的な模倣からきているというよりも、彼らが直面している現実と彼らがもつ「文化記憶」に対する歴史的言説であると考えるべきである。(3)

ここでは、先鋒派作家にとって子供時代に文革を体験したことが、彼らの小説にどのような影響を与えているのかについて考えていきたい。

二　一九七〇年代の中国（『鉄道に沿って一キロ』）

『桑園の追憶』と同様に少年を主人公とする作品群の中でも、傑出した完成度を誇る作品に『鉄道に沿って一キロ（沿鉄路行走一公里）』がある。主人公の少年、剣には奇癖がある。死者の遺留品や長距離列車から捨てられた物を収集する癖である。学校の帰り道、剣は野次馬が首吊りの自殺者にたかっているのに出くわす。野次馬たちは死者を見ようと必死であるが、剣は反対に首を吊った帯の方に心を奪われてしまう。野次馬のあいだからつま先立って覗き込むと、帯は鉄橋からはらりと河へ滑り落ち、空中でふわりと浮かんで曲がり、布の両端がつながってから、ふいにほぐれ、長い方から落ちていき、もう一方は軽くうかびあがった。剣は何故かふと緊張を感じる。

河岸で棒きれを一本拾い、腰をかがめて河辺に跪いて水面に浮かぶ蒼い帯をすくおうとした。蒼い帯は不規則に漂い、あちらにいったかと思うとこちらへいき、流れたり留まったりして、すくい取るのがとても難しい。しかし、剣は我慢強かった。（中略）河面から蒼い帯は沈んでしまった。

蒼い帯はあんなに軽いのにまさか突然河へ沈むとは。剣はがっかりして手にしていた棒きれを棄てた。今回見つけた蒼い帯は、少し奇妙なところがあると感じた。

蒼い帯の生き物のように漂う不可思議な動きに、剣は心を奪われる。ゲームがある時代でもなく、剣が遊ぶのは専らそこら辺りの野原か鉄道である。剣は鉄道の転轍所の管理人が飼う小鳥を気に入って、彼のところへと足繁く通っている。

午後の線路は比較的静かな時間で、初夏の陽光がレールと枕木に砕いた銀ように一面に散りばり、世界は明るく広々とみえた。土手の向日葵は似たような姿勢でもの静かに佇み、黄金の大きな花が少し垂れていた。（中略）汽車は遠い南からこちらへ向っているところで、今は午後の鉄道が比較的静かな時間である。突然、剣は新しい枕木の山の傍で立ち止まってあたりを見回し、鉄道のこの珍しい静寂さに驚きを感じた。

彼は、なんとも転轍所は興味をそそる神秘なところだと思う。夏の終わりには転轍所の管理人が退職し、剣に彼の小鳥をくれると約束してくれた。

鉄道の転轍所までは一キロ。剣は、上海からハルピンまでの汽車の切符と女の写真が入った財布を線路で拾う。「中国の大部分を縦断するとても長い旅」の切符は、剣の未知への憧れを駆り立て、「若く美

蘇童の少年時代に暮した街の鉄道（2004 年、蘇州）

しい微笑み、紅く滴りそうな唇、唇の横に大豆ぐらいの黒子」のある女の写真は、彼に言いしれぬ動揺を感じさせる。転轍所に来るたびに「あの女は上海からハルピンの家に帰ったのか、それとも上海を離れて遠い東北のハルピンへと赴いたのか」と考えずにはいられない。

ある日突然、剣の妹が鉄道事故であっけなく逝ってしまう。翌日、剣は妹の紅いサンダルをみつける。

それは、ふわふわしたうぶ毛の生えた二本の向日葵の枝に引っかかっており、サンダルの表面には夜露が着いていた。剣はその紅いきゃしゃなビニールサンダルを拾い上げて、表面についた露を拭うと、自分の鞄にそれをしまい込んだ。妹の残した遺品は他人の遺品と同じで、とても清らかで鮮やかだった。

そして、娘を亡くして錯乱状態に陥ってしまった母によって、剣は鉄道の転轍所に行くのを禁じられてしまう。剣はこの時ばかりはいくら何でも母の言うことを聞かないわけにはいかないと子供心に感じる。しかし、灼熱の夏のなか、窓によりかかって遠方の鉄道を眺めやると、「心も天気と同じように暑く湿り、一種悶々とした、落ち着かない心情」に侵されずにはいられない。その悶々としたいらだちは欲望を抑えているためだった。「一回だけだから」と自分に言い訳して、剣は鉄道の転轍所へとむかう。線路に沿って転轍所まではやはり一キロ。妹の事故現場にたどり着いても、その最後の声や顔も思いだせない。最後に鉄道に訪れたのは転轍所の管理人の小鳥をもらうためだった。しかし、管理人の鳥は死んでしまっていた。腹いせに「ポイントを間違えるぞ」と叫んで、そこを飛び出す。

まるで剣の呪いが的中したように、貨物列車が転覆したのは灼熱の夏が終わりに近づいた頃であった。なんでも転轍所の管理人がポイントの切り替えを間違えたというのだ。剣にはこの事故がなぜかあの死んだ鳥と関係しているように思われてならなかった。

後からきた旅客列車がこの事故で停車しており、その窓に、彼は見覚えのある黒子の女性の顔を見出した。女の唇あたりの黒い黒子は不思議な光を出して輝き、彼を足止めさせる。

あなたの手に提げてるのって、鳥かご？　と女性はたずねた。

剣は女の唇あたりの黒子をじっと凝視して、彼女の質問に答えなかった。剣はしばらく沈黙して突然言った、お前は上海からハルピンへ行くんだ、お前が上海からハルピンに行くってことはわかってるぞ。

いいいえ、あたしは天津で下りるのよ。

女の言葉は、剣を言い知れぬ苛立ちと不安に駆り立てて、剣はからっぽの鳥かごを向日葵畑に放り投げる。線路に沿って一キロ行けば転轍所。そこは長距離列車の運命の切り替えの場所でもあり、少年の未知への憧れは鉄道を通じて、未来へのほのかな期待と不安が重なる。

この作品は少年のごく普通な日常生活を題材としている。時代背景は文革中だが、小説中に時代を指し示すものは特にない。河、死、蒼い帯、黒子の女性、鉄道などの描写は鮮やかな印象を残し、余音を響かせている。

三　イメージの漣（『舒家の兄弟』、『紙』）

初めて蘇童の小説を本格的に批評した王干は「蘇童の小説は、生命の液にひたされてできた意象の流れであり、魂と大自然の結合する瞬間に、自由に流動し、始まりもなく、終わりもなく、クライマックスもない。それは、流動する画面と流動する旋律が溶け合った詩潮である」と評している。「意象」はイメージとも訳すことができ、『鉄道に沿って一キロ』に浮かぶ「汽車」「女性」「死」「蒼」などの「意象の流れ」は、蘇童の小説に頻繁に出てくる。(4)

もう一編、『舒家の兄弟（舒家兄弟）』を見てみよう。舞台は一九七四年の香椿樹街。二つの家が一つに繋がる「二戸一」の家、「香椿樹街十八号」に一組の兄弟と一組の姉妹が住んでいる。舒工と舒農は兄弟で、兄は出来がよいが、弟は出来が悪く恨み深い。涵麗と涵貞も姉妹で、姉は美しいが、妹は口いやしい。ある日、舒農は主人公「僕」に奇妙な質問をする。「人と猫、どっちになりたい？」「勿論、人間に決まってるさ。」「いや、猫がいい。猫は自由だ。誰もかまわない。猫は屋根の上を歩ける」。それからほどなくして、ある深夜に舒農は屋根へ登る。屋根から上の部屋を覗くと……

微かなスタンドのあかりで、丘玉美の豊満な裸体は蒼い。舒農が奇妙に感じたのは彼女はどうして夜に体から蒼色の光を発しているのかということだった。どうして彼女は蒼いんだ？（中略）あの蒼色が素早く破裂したり固まったりして、まるで永遠の光の環が彼の目を刺激しているようだった。死んじゃうよ。何してんだ？

舒農が目撃したのは父と隣の奥さんが浮気している現場だった。隣の奥さんの体から蒼い光が放たれている。それ以来、舒農はこの蒼に一種の圧迫感を感じるようになる。

兄の舒工も隣の長女涵麗と恋愛関係に陥り、涵麗は妊娠してしまう。困った涵麗は舒工に無理心中を迫り、二人は一緒に河へ飛び込む。しかし助かったのは兄だけで、涵麗は死に到り、舒農は涵麗の死体がまたしても蒼いことを発見する。

涵麗の眼はずっと見開かれたままで、暗闇の猫の眼よりも魅力に富んでいた。涵麗は蒼く、さらに蒼い。舒農は自分が盗み見た女はどれもみんな蒼いと思った。たとえ死んでいたとしても。舒農は女と死はどちらも蒼いと思った。これはどうしたことだ？

河で心中した女性は蒼く、さらに蒼い…、蘇童の小説において「死」と「性」は蒼いと形容されている。『米』の主人公の五龍が道端で死人を見る場面で、「五龍は壁にもたれてしゃがみこんだが、その男は眠り続けており、街燈の下で彼の顔から薄い蒼い光が発せられていた」と描写されている。舒農が蒼い女性に圧迫感を感じるのは、女性が死へとつながる存在だからである。

短編小説『紙』の少年は、死者に贈るための「紙扎」である折り紙の馬が欲しくてたまらない。折り紙職人の老人が死んだ日、少年はこっそりと折り紙の馬を盗んでしまう。その晩、老人の死んだ孫娘、青青の夢をみる。死んだ時はまだ少女だった青青も、夢のなかでは豊満な女性へと変身を遂げる。

蟋蟀の鳴くなか、青青という名の少女が再び少年の夢のなかに舞い降りた。風は、三〇年前に非業の死を遂げた少女に吹きつけ、彼女が胸に抱く紅い紙箱は、太陽が滴り落ちるような鮮やかさであった。風は、少女青青の大きめのチャイナドレスに吹きつけ、瘦せて小さな青青をやがて豊満で成熟した一人の女性へと変えた。風は、少年の簡易ベッドにも吹き付け、少年は美しく精巧な折り紙の山に横たわっており、体じゅうに柔らかく纏わりつくような愛撫を受けた。驚いて目覚めると、ひやっと感じ、夢でなにか神秘的なことが起こったのだと思った。

女性とは神秘的かつ不可解で、少年たちにとってまさに「彼岸」の世界と繫がる存在である。先の『鉄道に沿って一キロ』の剣も、線路で拾った美しい年上の女性の写真に魅せられてしまう。蘇童自身「今、私は突然幼年時代に住んだところの裏窓を思いだした。裏窓は河に面していた。私が、南方でよく見られる細い河を、都市の外周もしくは周縁に位置している河を、河川という重たいことばで命名するのを許して欲しい」と語っている。

この架空の街「香椿樹街」は、河が街を囲む蘇童の故郷、蘇州をモデルにしている。小説中では河はあちら側「彼岸」とこちら側「此岸」を分ける境界線の象徴となっている。他にも『何も得るものなし（一無所獲）』がそうであり、『南方の堕落（南方的堕落）』『僕の楓楊樹郷を越えて（飛越我的楓楊樹郷）』『西窓』『失われた金木犀の歌（喪失的桂花樹之歌）』『よそから来た父子（外郷人父子）』でも、河は境界線の象徴として用いられている。

蘇童の小説世界は基本的に次のような構図が当てはまる。主人公の「僕」は街にいて、街の周りには

蘇童の少年時代に暮した街の囲城河（2004 年、蘇州）

街を囲む河が流れている。河の「此岸」は主人公の生活する日常世界をあらわし、「彼岸」は未知の神秘の世界を象徴し、またそれは「死」の世界でもある。そして、少年は河沿いのこちら側に住んでおり、興味をもちつつ河の向こうの世界を望んでいる。少年達は常にこちらの世界に違和感をもっているが、境界線を越えようとすると「死」に到ってしまう。

『舒家の兄弟』の涵麗が河で自殺したのは偶然ではない。この「此岸」と「彼岸」を越えるのは「女性」であり、『私の帝王生涯（我的帝王生涯）』『城北地帯』『何も獲るものなし』などで繰り返し用いられるモチーフでもある。「女性」は河のこちらの世界にいるが、『失われた金木犀の歌』の少女達は河の向こうから金木犀を盗みに来るように、未知の世界ともつながりをもつ中間的、媒介的な存在でもある。

『西窓』はこの構図をよりはっきりと浮かび上がらせる。隣の少女紅朶は河に面した「私」の部屋にやってきて、部屋の西窓から河の向こうを眺めにくる。彼女は街の「常識」と逆のことを言う。例えば、街のいい人と評判の邱さんが自分が入浴するのを覗くとか、自分のおばあさんもお金をもらって覗かせているなど。ある日、彼女は突然町から姿を消してしまい、駆け落ちしたのだろうと街の人は噂する。しかし「僕」は「街の人に売られてしまったのだ」と思う。最後に河にいくと、紅朶の残していった桶に反射する月光が、「僕」の眼を深く突き刺す。そして、「僕」はこの河のほとりのぎりぎりのところに立って、紅朶がいってしまった河の向こうを思いやるが、紅朶がどうなってしまったかは結局わからない。

河を境界線に、中心―周縁、この世―あの世、意味―無意味、生―死、秩序―混沌が分かれている。河の「此岸」には、街のいい人と評判の邱さんや「僕」の母親が存在しているとしたら、河の「彼岸」へと渡ってしまうのは紅朶である。「僕」は此岸と彼岸の境界線に位置し、その境界線を越えはしないが、彼岸を望み見ているのである。

このように蘇童の小説中において、少年達は一種の「周縁的な存在」として描かれており、さまざまなイメージの中心にあるのは、彼らの「周縁的感覚」である。この感覚は蘇童の小説全般において貫かれている。

四　文革中にトランプを探して（『ハートのクィーン』）

物語の年代設定は、『舒家の兄弟』は一九七四年、『南方の堕落』は一九七九年、『紙』は一九七一年、『回力印の運動靴（回力牌球鞋）』は一九七四年である。年代がはっきり書かれていない場合も多いが、蘇童の少年を主人公とした小説の舞台は基本的に文革中と思われる。にもかかわらず、歴史事件、政治事件よりも、少年達の「周縁的感覚」に重点が置かれている。

実は、この「周縁的感覚」こそが文革体験からきているのではないだろうか。蘇童は新時期文学を担った知青世代の一世代後、所謂「六〇年代世代（中国語では六〇年世代）」と呼ばれる世代であり、小学生、中学生という多感な思春期を文革中に過ごしている。文革中、大人たちは政治活動に明け暮れるか、自分の生活を守るのに精一杯であり、子供たちの世話をし、勉強させるどころではなかった。子供達は『鉄道に沿って一キロ』の剣のように、きっちりとした学校教育を受けることもなく、野原や街で遊びほうけていた(5)。

孤独を栄養に大きくなった子供は、幼い頃から自分の行動の源泉を見つけており、何かを信頼することもあまりなく、その世界は自足した世界だった。

このように、文革中を過ごした六〇年代世代は語っている。文革期には子供達は、大人から干渉を受けず、自分たちだけの世界に没頭していた(6)。

それでは、子供の目に映った文革とはどのようなものであったのだろうか。『ハートのクイーン（紅桃Q）』をみてみよう。時は一九六九年、文革の真っ只中。もし蘇童の実年齢と同様であるなら、主人公の少年「僕」は六歳である。「僕」は宝物であるトランプの一枚、ハートのクイーンをなくしてしまう。文革の最中にトランプを売る店などない。そこで「僕」は父の出張について上海へ行き、トランプを探そうと企む。なぜなら街の女たちは上海には何でもあると噂していたからだ。しかしトランプはどこの店にも売られていない。父が革命委員会へちょっと行っている合間、「僕」は女事務員が机の下で手をしきりに動かしているのが気になって、そっと覗き込む。すると「スパイ」と罵られ、「僕」は「どうしてこそこそするんだ。刺繍だと知ってたら、そんなもの覗き込む気になるもんか」と思い、トランプがあったらよかったのに……と思う。

帰りの汽車のなかで、「僕」と父が乗っている車両に、三人の若者達と老人が乗り込んでくる。若者達は老人を連れてトイレへ入っていく。それは文革中のリンチの光景なのだったのだが、「僕」にはわからない。しばらくして、トイレから若者たちは出て来るが、いつまでたっても老人が出て来ない。「僕」は不思議に思って見に行こうとするが、父は「僕」をきつく摑んで放さない。若者たちが姿を消すと、父も安心して「僕」がトイレへ行くのを許してくれる。奇妙なことにトイレには誰もいない。ふとトイレの床に目を落とすと、なんとハートのクイーンが落ちているではないか。「僕」が拾いあげて見せると、父は血が付いていると叫んで、奪い取って捨ててしまう。

しかし、突然、僕はトイレのべとべとと湿った床に、トランプが一枚落ちているのを見つけた。なんとも信じがたいことに、それはまさに一枚のハートのクイーンだった。僕は一目でそれだとわかった。僕がなくし、探し出せなかったハートのクイーン。僕のとった行動も想像できるだろう。僕は腰をかがめてそのハートのクイーンを拾った。より正確にいうなら、奪い取ったのである。僕はトランプの上についている泥と雪を拭き取り、父に向かって振りかざした。ハートのクイーンだよ、ほんとにハートのクイーンだよ！　そのとき急激に変わっていく父の表情を僕は覚えている。その表情は驚愕、戸惑い、ショック、恐怖であった。そして最後に顔中が恐怖で満たされた。僕の父は、最後に恐怖で満たされたその顔でハートのクイーンを奪い取り、手にとると窓の外に捨てて、どなるように叫んだ。はやく捨てちまえ、持ってるんじゃない、血だ、トランプに血がついている！

小説の結末で「僕はそのトランプに一滴の血痕もついてなかったと賭けてもいいが、僕の父がそんなふうに言ったのも、まんざらでまかせってわけでもないらしい」と回想している。

この小説には「それは一九六九年、この都市は奇妙な革命の真っ只中にあった。人々は一切の娯楽を拒絶し、街には人影もなく、店舗の門は半分閉じており、この街全体を歩きまわったとしても一枚のトランプの影すら見つけられない」と「僕」の一種回想録風なナレーションが挟まれていて、小さな「僕」からみた文革が描かれている。旅館の壁に血がべっとりとついていて怖くなったり、「スパイ」と罵られたりして、「僕」にはとても不可解だったりと、さまざまなシーンから文革の雰囲気が伝わってくる。

しかし、小説のクライマックスにくると、一種不可解な衝撃が読者を襲う。それまでは少年の目から見た文革時期のごく普通の日常を描いている。トランプをなくし、上海の店というお店のカウンターを覗き込む少年、トランプ以外のことには全く無関心だが、旅館の壁に人の血がべっとりとついていたりして、なんとなく子供心にわかる奇妙で恐ろしい出来事……、しかしラストシーンに到ると、トランプがトイレの床に落ちているのである。上海じゅう探し回ってもなかったのに。しかも、父はそれに血がついていると叫ぶが、「僕」には一滴の血も見えない。果たして血がついていたのかいないのか、小説中には答えは用意されていない。

蘇童の作品は「文革」の「残虐さ」よりも、むしろ少年「僕」の「不可解な感覚」に重心が置かれている。文革という事実そのものは同じものでありながら、父にとっては残虐と恐怖に満たされているが、「僕」にとっては全く不可解なものとして映っており、最後のシーンにおいて、父の感覚と「僕」の感覚のずれが劇的に描かれているのである。このずれを突如として感じ取った感覚は衝撃的な印象として「僕」の記憶の底に強く残る。蘇童自身の文革体験もこの主人公の「僕」と似ていると思われ、それは「奇妙な記憶」でしかない。

蘇童は文革のさまざまな事件を目撃しながらも、その意味が分からなかった自分の世代について「周縁化された世代」と言っている。小説にあらわれている周縁的感覚は蘇童の世代が共有するものであり、そして彼らの文革体験と深く関わっているのである。

五　紅衛兵世代と六〇年代世代

我々の幼年期はいつもなぜか、鉄道、レール、破損した汽車の車両に憧れた。汽車の長い汽笛が鳴り響き、暖かい感じがする蒸気が噴き出すと、我々は瞬時に目眩に襲われ、心が奪われ、それに惹きつけられずにいられなかった。（中略）そう、それは遠く、それは我々が知らない神秘的な遠くを象徴しているからだ。(7)

『鉄道に沿って一キロ』の「鉄道」はまさにこのような感覚、遠くへの憧れを象徴している。しかしこれは蘇童の言葉ではなく、蘇童と同じ世代の人物が『六十年代の気質』という本のなかで述べた言葉である。この本は六〇年世代のエッセイ集であり、全編を通して彼らは自分達を「周縁化された世代」であると認識している。この世代はなぜこのような周縁的感覚にとり憑かれているのだろうか。

一世代前の知青世代にはこのような周縁的感覚はみられず、むしろ「エリート意識（知識人精英意識）」とも呼ばれる主流意識を強くもっている。この知青世代とそれより上の数世代は、「たいてい社会との繋がりは緊密で、個人のアイデンティティが社会によって共同に賦与されており、それを共同で背負うほど緊密であった。例えば『知青』は何千万何百万の人がそれを自分の印、経歴とみなし、同時にそれは一種の巨大な社会的力量、言説体系、観念的系譜、文化的勢力までも形成した」と指摘されるように、彼らは文革中に紅衛兵や「上山下郷（都市の青年が農村に労働に行くこと）」を経験しており、文革後も自己の苦難を民族の苦難として文学で表現することで、文化界や思想界における運動の主役を担った。(8)

これに対して、先鋒派作家の世代、所謂「六〇年代世代」は文革を記憶に残る年齢で経験したという点においては同様であるが、文革に対する姿勢は明らかに異なるものがある。彼らは、文革期にはまだ小学生であった。

「我々のこの世代」は神話と共同の経験に欠けた世代であり、我々は本当に自分のものである言説もなく、紅衛兵コンプレックスもなく、「文攻武衛（闘争）」の体験もなく、「陽光燦爛的日子（太陽の輝く日々）」も過ごしたこともなく、黒い地と黄色の地に青春の血をばらまくこともなかった。

彼らは、実際の政治活動には参加したことがなく、一世代前の紅衛兵や知青などが活躍するのを観察していただけである。(9)文革中もその後も、社会、思想、文学を主導しているのは知青世代であり、自分たちは常に部外者の位置に置かれており、傍観者に過ぎないと感じている。そこから生みだされた歴史感はまさに周縁的感覚である。

我々は歴史を見つけられない、歴史は他者の創造物だから。我々は現実も見つけられない、現実は他者に占拠されているから。我々は歴史と現実の外部におり、同時に未来への準備もしていない、未来は歴史と現実の延長に過ぎず、歴史と現実を持たない我々は未来を有しないから。（中略）我々は自分をどうやって表現したらいいのかわからないし、何を頼りにして同一化し、通じ合えばいいのだろうか？[10]

一九八〇年代後半に至り、社会が市場経済発展の波に突入した後も、この周縁的感覚は薄れることがない。

この世代は周縁にいる。彼らは時代の周縁で行動するのが好きだ。少年時代は文革の周縁にいて、青年時代は経済発展の波の周縁だった。つまり、彼らは過渡的年代の過渡的存在なので、前後両世代の特徴を持ちながらも、同時に両世代の観察者なのである。

とあるように、むしろ周縁的な立場に固定される世代として位置付けられてしまう。[11]知青世代が時代の英雄、啓蒙者という「中心」的な立場から新時期文学を担ったのとは対照的に、先鋒派世代は、傍観者、観察者という「周縁」的な立場から、新時期文学にリアリティを感じることができない。そのため、自らのリアリティを表現するために、対照的な創作姿勢をとることになる。

　当然、語り手ももはや、歴史主体の身分の地位にたって社会共同の願望を語らなくなり、彼は自己の希望のみを語った。（中略）そこで先鋒派の作品中で「私」に関する全ての描写は、大きな歴史的背景を欠き、自己の歴史的連続性を根本的に失っている。[12]

とあるように、知青世代が自分の経験を民族の経験と結びつけたのに対し、先鋒派は自分の経験、視点をあくまで自己に限定し、一種の「個人的立場」に固守している。

　こう考えると次のように言えるであろう。つまり、新時期文学の文革は「中心からみた文革」であり、先鋒派文学にあらわれる文革は「周縁からみた文革」である。先鋒派文学の出現は、八〇年代後半に起きる多元化社会の形成や「知識人の周縁化」等の社会的変化が重要な原因としてみなされるのが通説であるが、むしろこの世代の「周縁的意識」こそがより根源的なものである。「知識人の辺縁化」等の社会的変化は、新時期文学と異なる文学を生み出した直接な原因であるというよりも、この世代に活躍の舞台を提供したにすぎない。

　また、先鋒派文学は歴史の当事者ではない者が歴史をどのように受けとめ、文学で表現していくかという興味深い問題の一例を示していると見なすこともできる。『ハートのクイーン』の主人公は成人してから文革の持つ意味を知るが、にもかかわらず「僕はそのトランプに一滴の血痕もついてなかったと賭けてもいいが、僕の父がそんなふうに言ったのも、まんざらでまかせってわけでもないらしい」と回想している。成人後に先鋒派作家が文革の意味を知らないわけはない。ただ、大人になって当時「奇妙」としか映らなかった文革が、自分にとってもつ意味を再解釈して、今の社会に置ける立場、自分達が抱く感覚の理由をこの体験に求めるようとする。つまり、先鋒派作家が文革体験をこのように文学で表現するのは、その体験に基づいているだけでなく、作家がその体験をどう解釈したか、また彼らが自己のアイデンティティをどう形成したかという問題とも繋がっているのである。先鋒派作家が中心的立場を敢えて選択せず、あくまで周縁的な感覚を文学で表現しようとした動機もここに存在している。

【注】

（1）陳暁明『文学超越』（中国発展出版社、一九九九年三月、四三頁）。

（2）「知識人の周縁化」については、陳思和『中国当代文学史教程』（復旦大学出版社、一九九九年九月、二二一頁）で詳しく論じられている。八〇年代後半における社会状況から文学の変化を論じる論稿は、陳暁明『無辺的挑戦——中国先鋒文学的後現代性』（時代文芸出版社、一九九三年五月）、陳暁明『仿真的年代：超現実的文学流変与文化想像』（山西教育出版社、一九九九年三月）の第一章、張頤武「理想主義的終結——実験小説的文化挑戦」（張国義編『生存遊戯的水圏』北京大学出版社、一九九四年二月）、呉亮「回顧先鋒文学——兼論八十年代的

写作環境和文革記憶」（『作家』九四年三期）、ほかにも尹国均『先鋒試験』（東方出版社、一九九八年五月）、王寧「後現代主義的終結——兼論中国当代先鋒小説之命運」（『天津文学』九一年一二期）等も参照。

（3）陳暁明『無辺的挑戦』、三〇～三一頁。

（4）王干・費振鐘「蘇童：在意象的河流里沈浮」（『上海文学』八八年一期）。

（5）李皖「這麼早就回憶了」（許暉主編『六十年代気質』中央編訳出版社、二〇〇一年一月、八四頁）等を参照。

（6）趙柏田「在黒暗中奔跑」（『六十年代気質』、三〇頁）。

（7）趙柏田「火車或記憶的群像」（『六十年代気質』、一三〇頁）。

（8）李皖「我們這一代」（『六十年代気質』、一九頁）に、張新穎の言葉として引用されているがその出典は不明である。同様のことは、「文革後最初の何年かで『五四』の時代と最も似ている点は、独裁政権が突如として倒れた後の政治的文化的空白である。そこで傷痕文学の時代、知識人が個人の苦難と民族の苦難を一緒にした時、この空白を埋めるのに成功し、彼らが啓蒙に使った材料は普遍的な意義を獲得したのだ」（陳思和『陳思和自選集』広西師範大学出版社、一九九七年九月、一三一頁）とある。

（9）包亜明「関与我們這一代人」（『六十年代気質』、二五九頁）。「陽光燦爛的日子」とは、姜文の映画『陽光燦爛的日子（日本では「太陽の少年」として公開）』からきており、文革中の青少年の生活を指している。

（10）張新穎「存在的難題：我們如何表達自己」（『栖居与遊牧之地』学林出版社、一九九四年一一月、一一八頁）。彼は六〇年代世代の評論家、研究者であり、このように自分達の世代について述べている。

（11）李皖「這麼早就回憶了」（『六十年代気質』、八七頁）。

（12）陳暁明『無辺的挑戦』、一二九頁。

第三部　先鋒派と周縁

第七章　歴史の周縁から〈格非〉

一　一九九〇年以降の文化状況

中国が九〇年代に入り、高度消費社会への移行の様相を帯びてくるなかで、中国文学にはそれ以前には見られなかった状況が出現してくる。五四新文化運動以降の中国社会において、知識人は政治に対抗する民衆の代弁者であり、文学は知識人が民衆のために権力へ異議を唱え、よりいい社会へと導くための手段としての役割を果たしてきた。しかしマスコミによる急速な大衆文化の広まりによって、知識人は民衆の代弁者ではあり得なくなり、文学は大衆の娯楽を提供する手段と化してしまった。先鋒派作家はヒューマニズムに代表される新時期文学の価値を否定した。しかし九〇年代に大衆文化が蔓延すると、逆に彼らが行ってきた新時期文学に対する批判こそがまさに知識人の批判精神からきたものであり、前衛的な手法こそがまさに大衆とは馴染まない先鋭的な手段であったことに気づかされることになるのである。

陳暁明は『無辺の挑戦』を次のように結んでいる。

八〇年代後半、私は確かに「理想」を拒否するような話をかなりしたが、あの時、我々はさまざまな虚偽の「理想」に圧迫されて息もできないほどであり、気楽で自由自在な遊びを始終望み、王朔に文化の将来像が見えたような気がしたことさえある。しかし、私は九〇年代という歴史の境界線上に立って、文化が崩壊していく歴史的な状況を眺めていた時、よりどころがないことへの恐怖をも感じた。……現在、中国において文化が崩壊している歴史的な状況のなかで、私は敢えて一種の「真の歴史感」を力を尽くし捜し求めている、――それは私にとっては文化批判の根本的な立脚点である。結局全てを否定し、全てを拒絶することはできないのだから。ディコンストラクションは我々に一つの武器を提供したにすぎず、最後の拠り所ではない(1)。

ここでいう「虚偽の理想」とは、文革期におけるイデオロギーに対する理想ではなく、新時期における五四以来の人文精神の基礎となっている「歴史」「真理」「人道主義」などの復活を指している。ポストモダニズム評論家として活躍を始めた陳暁明は、五四以来の伝統である知識人の人文精神に対して強い憧れをもつ一方で、懐疑と圧迫感も感じていた。文学理論においては、文学の社会的意義のみを重視する長年の傾向や、小説を社会や歴史事件と照らし合わせて解釈する従来の評論方法に強い反感を感じていた。そこで、「ディコンストラクション」は従来の文学理論を「解体」する格好の武器となり、先鋒派文学は陳暁明に「ディコンストラクション」の文芸理論を応用する材料を提供したのである。しかし同時に陳暁明は「ディコンストラクション」の方法は、従来の価値観を「解体」するには有効ではあるが、それに代替する新しい価値観の創設には全く無力であると感じている。八〇年代後半から起きた経済の急速な発展に伴う「文化が崩壊している歴史的な状況」のなかで、陳暁明は恐怖を感じたとさえ述べている。

このような状況のもと、歴史的な題材を正面から取り上げることを避けてきた先鋒派作家は、逆に中国近代史上の重要な事件を題材とした小説を描くようになるのである。ただ、初期の作品とは題材が異なるものの、その手法においてはやはり初期の作品から継続している部分もある。つまり、これらの既に書き尽くされたともいえる歴史的題材を、彼らは新しい方法で取り扱ったのだとも言えるだろう。そこで、格非の歴史を題材とした小説を取り上げて、彼らの九〇年代以降の新たな挑戦について論じていきたいと思う。

二　北伐戦役（『迷舟』）

『迷舟』は一九二八年三月二〇日における蘭江岸の北伐軍と軍閥の戦闘を描いている。北伐軍は軍閥を倒すために蘭江の要塞である楡関に結集し、軍閥は蘭江対岸にある棋山要塞に駐屯していた。軍閥の旅団長の蕭は敵側の要塞近くの村落に潜入して、七日後に行方不明となった。北伐軍は軍閥に不戦勝したが、旅団長の蕭の行方不明の原因は依然として謎に包まれている。

事の始まりは、軍閥の旅団長の蕭のもとに、故郷の小河村から父の訃報が届いたことであった。旅団長の蕭は帰郷を余儀なくされる。母は父の死で大いに落ち込み、葬儀についても満足に答えられない有様であった。帰郷の二日目、蕭は父の葬儀にいとこの杏が来ていることを知った。杏は母の弟の娘で、蕭が昔叔父のところに漢方を学びに行って以来の再会であった。帰郷後の三日目、父の葬儀は終わるが、蕭は杏とのある夏の一幕を忘れきれずにいた。

ある夏の終わりの午後、叔父が書斎で昼寝をしている時に、彼は竹づくりの家の中庭に来た。杏は銀杏の木の下の寝椅子で眠っていた。彼女の手には節句の由来が書いてある本が一冊あり、彼女の胸の上に広げられたまま起伏していた。蕭は呆けたように彼女のそばの竹椅子に座り、椅子がきしむぎしぎしという音に驚いて冷汗が滲み出た。（中略）その後の波乱に富んだ従軍生活のなかで、彼は寝そべって静かな山谷のなかで満天の星を見つめ、草根や葉の苦汁を食むとき、たまにあの午後の息詰まるような空気のなかで過ぎた時間を思い出し、彼の指先が軽く触れた彼女の艶やかな腕、彼女の襟の初めのボタンを外した時のうっとりするような一幕を思い出し、不意に杏は起きていたのかもしれないと考えた。この考えはその時から今までずっと彼から離れなかった。

その日、蕭は茶畑へ行く杏の後をこっそりとつけ、茶畑の溝に杏を押し倒して関係をもってしまう。四日目は何事もなく過ぎて行き、五日目にはこの事が杏の夫に発覚する。杏の夫は復讐を誓って村から消えた。六日目、蕭は杏のことが心配になって、こっそりと杏の住む楡関へ行かずにはいられなかった。しかし楡関は北伐軍が駐屯している場所でもあり、その北伐軍とはまさに蕭の兄が参加している部隊でもあった。蕭の親衛隊は蕭が楡関に行くような事があるようならば殺すようにと、密令を受け取ってい た。そのため蕭は親衛隊によって始末されてしまった。蕭の行方不明は、実は親衛隊の勘違いによって引き起こされた事件であった。

『迷舟』において、旅団長の蕭が楡関に行ったのは戦闘とはなんら関係ない。また歴史における重大事件の原因は、軍閥の旅団長の蕭が恋人と逢引したことを親衛隊に反逆行為と勘違いされたことになっている。歴史的な重大事件は、崇高な意思をもつ人物が確固たる意志をもって行われた行為によって引き起こされたのではなく、個々の人間がごく個人的な動機によって行われた行為の偶然の結果にすぎない。個人の行動は、歴史が動く原理とは関係ないものであり、そのため歴史的事件の原因も「個人的事情」に集約されている。しかし「歴史」からはこの七日間の事件の真相が隠され、失踪事件は一種の謎として残されたままとなっている。

三　抗日ゲリラ（『オルガン』）

『オルガン（風琴）』も抗日戦争時期の農村を舞台としており、そこで起こるある一つのゲリラ戦をテーマとしている。この小説で特徴的なのは、節のタイトルがすべて登場人物の名前となっていることである。小説の標題は三人の人物の名前から作られており、初めの節は「馮金山」、次の節は「王標」「趙謡」と続き、その次に「馮金山と王標」「趙謡と馮金山」「趙謡と王標」とあり、最後に「尾声（エピローグ）」となっている。つまり、小説はそれぞれの登場人物の視点から、日本軍に対する村のゲリラ活動という事件を描いているのである。

まず「馮金山」。馮金山が収穫済みの田畑で酒に酔っぱらっていると、向こうから何やら馬に乗った人の群が近づいてくるのが見えた。それは日本軍であった。馮金山が慌てて土手まで逃げると、彼の女房が馬に乗った日本兵に捕まり、日本刀でつつかれながら村へと向かっているところであった。突然、日本兵が馮金山の女房のズボンの紐を切り、ズボンがひらりと地に落ちた。馮金山は目の前に晒された女房の太ももを見て、なぜか思わず欲情を感じてしまう。馮金山は臆病者であり、妻が日本兵に辱められてもそれに抵抗する手段もない。

次の節は「王標」が題となっている。王標は抗日ゲリラに参加している。王標は日本軍が村に侵入したのを聞くと、林奥の廟のなかに潜んで日本軍を待ち伏せし、奇襲をかける計画を立てた。王標は林のなかを通る行列を見かけて、日本軍だと思い込み、奇襲をかけた。しかしやってきたのは婚礼の行列だった。抗日戦争の治安が乱れた時代、婚礼は夜に密かに行われていたのである。

「さっきの状況はほんと腰を抜かしそうだった。まっさきに、山賊に遭ったと思ったよ」。聶爺さんはほっと乾いた笑い声をたてた。「お前さんはどうして我々が山賊じゃないってわかるんだい？」

老人の顔から笑みが突然消え、大地が突然凍りついたようだった。

王標たちはその婚礼の行列であるとわかると、ゲリラから強盗と化して略奪行為をする。

次の節は「趙謡」である。趙謡は地主の息子である。家族は全員日本軍の到来を聞きつけて避難してしまっていたが、彼だけは逃げ遅れて、ここに留まっていた。日本軍は彼の広い屋敷をいち早く占領し、宿泊場所として使うことにした。そのため趙謡は日本兵と共にこの屋敷で暮らすことになる。日本兵は屋敷に古いオルガンが置かれているのを見ると、趙謡に弾くように強要した。趙謡は緊張のなかで不思議な感覚に襲われ、オルガンの音色のなかに時間と空間が交錯し、自分が過去に沈み込んだように感じる。

日本兵が来たのは、ちょうど趙謡が昼寝をしている最中だった。突然、馬蹄の音が聞こえ、日本兵は既に馮保長の妻を追い立てて屋敷の扉の前まで来ていた。そして日本兵は彼の目の前で馮金山の妻のズボンの紐を切った。

趙謡がちょうど中庭の玄関の門を開けるのに間に合うと、一隊の日本兵は既に彼の屋敷の前まで押し寄せていた。彼は馮保長の妻が下半身裸であり、二本の白い太ももは強烈な光線のもとで彼の眼を突き刺して、ぼんやりとした痛みを覚えた。趙謡の記憶のなかでは、時間は常に人が全く準備のない状況のもとで錯乱を起させる。「眼を開いたら地獄のなかにいるのに気がついたら、人は死んでいる」と、彼の家で働いていた女中がそう言っていたのを覚えている。日本人の光る日本刀、高い馬の上でとっくに乾いた血の跡は、濃い生臭さを発していたが、女の二つの太ももの間で震える影のなかに、完全に忘れさられていた。彼は初めて成熟した女性の体を見た。

趙謡は過去の世界に沈み込み、日本兵がいるという現実を受け止めることができない。時を同じくして、馮金山は王標のゲリラ行為を止めるべく趙謡の屋敷に密かに忍び込んで、日本軍を王標の潜む林へ近づけないように計らうようにと趙謡に忠告する。馮金山は臆病者で事なかれ主義であり、抗日ゲリラが日本軍を襲い、それが日本軍の報復を招くことを恐れていたのである。しかし反対に日本兵によって趙謡が馮金山と立ち話をしているところを目撃されてしまう。それによって、王標のゲリラは日本兵に待ち伏せされて、全滅させられてしまう。

王標は大胆であるが、理想をもって抗日ゲリラをしている訳でもない。婚礼の行列を襲う王標のゲリラはもはや山賊となんら変わりない。お坊ちゃん育ちの趙謡は、日本軍が村を占領したという現実を把握できずに、性的な倒錯と妄想の世界に逃れている。そして彼の無責任な行動が、やがて抗日ゲリラ全滅という結果を招いてしまう。

中国共産党は人民の支持を集めることで抗日戦争に打ち勝った事を自らの正当性としていることもあり、社会主義リアリズム小説において、抗日ゲリラは最も多く描かれてきた主題の一つであった。そのストーリーは、どのような逆境にも打ち勝つ不屈の精神を持った主人公がさまざまな困難を乗り越えて、日本軍に勝利するという単純な筋で描かれている。しかし、『オルガン（風琴）』において、壮烈な抗日ゲリラの戦いは、単に個人の利害に基づく偶発的な事件の重なりでしかなく、その歴史的意義が剥奪されている。

四　ある男の人生と中国近代史（『周縁』）

『周縁（辺縁）』は、格非自らも気に入っている作品として挙げた長篇小説である。この作品は、八十余歳の「私」が人生の終焉に自らの人生を回想しながら語るという構成となっている。主人公「私」は一九〇〇年の一桁代生まれと推測できる。「私」は辛亥革命を経て、国民党軍に参加し、国共合作を経て抗日戦争を戦い、中華人民共和国の成立を迎える。そして文革期には国民党軍に参加したことがあるという理由から、階級の敵と認定されて労働改造に送られ、文革後に名誉回復する。このように主人公は、中国の近代における一連の重要な歴史事件と関わりをもった人物であり、彼の人生は一般の中国人が生きた近代の歴史でもある。

まず、小説の構成から見てみよう。小説はそれぞれの節に「道路」「麦村」「胡蝶」とあり、主人公である「私」の人生で印象的な事物、人物との出会いが連想に沿って並べられており、時間順には並んでいない。また年代や個別の歴史事件の経緯も明確には描かれていない。小説は「私」が人生で覚えている最初の記憶、父母と共に戦争を逃れて江寧から麦村へやって来た記憶から始まっている。麦村は山奥の辺鄙な村であった。麦村の風土に馴染めない神経質な母は、移り住んだ家の、塗られたばかりの壁の石灰の匂いを嫌い、いらだつ毎日を送っている。

その静かな日々のなかで、私は日々屋根裏部屋の窓辺に座り、母の見た夢の全てを聞いた。この奇妙な夢は私の不安定な睡眠の滋養と複製を経て、麦村に来てからの私の最初の深い記憶を構成した。母が適当に作り上げた夢は形が変わった恨みあり、また過去への強い未練に過ぎないということを、当時は知らなかった。

「私」の子供時代の記憶は母の恨みから生まれたものであった。「私」にはその記憶がどこまでが真実か検証するすべはないが、母の過去への憧憬は「私」を神経質な性格にしてしまう。父はそのような母に嫌気がさして、若い妾をつくる。しかし若い妾を他所で囲うだけの経済力のない父は、妾をそのまま家に連れ込み、しばらく妻妾同居という状態が続き、その後で亡くなった。結局、父が亡き後も生活に変化の兆しはなく、「私」と母、若い妾の三人暮らしが続いていく。そのうち母は私塾の教師と関係を結ぶようになり、幼い「私」はその密会の現場に居合わせてしまう。

「嘘つかないで。何を見たか言ってごらん」。母は私をしっかりと抱き、私は息ができなくなりそうになった。

「僕、父さんを見た」と言った。

母は私を放した。

私は確かに父を見た。彼は黄金の服を着ており、棗の木の下に立ち、顔じゅう雨水だらけだった。

私が彼に近寄っていくと、彼は突然に私に向かって笑いかけ、それから樹の陰に消えてしまった。

黄金の服を着た父の姿は、麦村へ逃亡の道で黄昏を背にした父の姿だった。この時から精神的な危機に出会うと、金の服を着た父の幽霊が私の目の前に姿を現すようになる。

「私」は青年になると、故郷の麦村を去って信陽の軍事学校に入学し、卒業後はすぐに前線で戦うことになる。時代は一九二五年前後であるから、辛亥革命後の北伐の時代である。「私」は信陽軍事学校を卒業すると、参謀部に配属されることになり、そこで仲月楼という軍医と知り合いになる。彼は十五歳の時に故郷が洪水に見舞われ、軍隊にいる父を尋ね、それがきっかけでそのまま軍隊に入隊した。「私」は同郷の仲月楼とすぐに仲良くなった。仲月楼は「私」に初めて戦場に行った時の事を、緊張と恐怖と奇妙な興奮で何の印象も残っていないと話してくれた。「だいたいの戦場に来たばかりの者は、戦役が進むなかでは何も見ることはできん。ことが終わった後、幸運にも生き残った軍人が、例によってほらを吹くのを学ぶんだ。彼らは心を驚かし魂を揺さぶるような重大な戦役の場面を、人に向かって飽きもせずに何度も語る。まるで一局の碁を描写するように。実際、多くの軍人が後になって当時を語るとき、彼らは通った道さえも覚えていないんだ」。

戦局が進展する過程で、やがて「私」も初めての戦闘を体験することになる。

私が初めて前線に来たときの体験は、何の恐怖の記憶も残さなかった。反対に砲弾によって無数の水飛沫が上がり、植物の葉と種子がはらはらと舞って乱された時、今までに感じたことのない興奮を体験した。

「私」にとっての戦闘は英雄的な出来事もなく、劇的でもなく、また残酷でもない。一九二五年の冬、「私」の所属部隊は日暮れ前に黄河北に位置する黄村へ行き、村の外堀に落ちた橋を修復する命令が下される。部隊が村へ到着した時には、村は既に無人だった。戦役が既に終わっているという者もいれば、今まで一度も勝ったことがないという者もいた。しかし、執行部の命令には逆らえず、兵士達は氷の張った水面に入って、橋をかける作業を夜まで行った。「私」は凍える寒さのなかで左足が痛んだが、それでもどうにか意識が無くなることはなかった。なかには凍るような河の水に流されて、二度と戻って来られない者もいた。しかし、結局、この橋は使われることはなかった。後になってなぜ橋をかけなければならないのかについて、部隊では何度も議論されたが、最後まで誰も真相を知る者はいなかった。「私」には、橋を架けなくてはいけない意味も、戦争のもつ意味もわからなかった。一兵卒に過ぎない「私」の立場からは、歴史がどう動いているのかを認識できるはずもなかった。「私」には戦役を逃れた幼い頃の銃声が、今まで続いているように感じられた。

抗日戦争が始まると、「私」が属する国民党の部隊が共産党と共に日本と戦うことになる。私は、「兵卒は結局のところ兵卒にすぎず、自分自身をどうしても納得させることができなかった。目の前にいるかつての我々の命を脅かした宿命の敵が、なぜ一夜にして兄弟になったのか。長年来の戦争は全く無駄に戦ったのであり、十数年を経て軍隊の合併は、誤解から引き起こされたようだった」と感じる。

当時、日本軍は上海を陥落させ、南京を征服して、徐州へと近づこうとしていた。そのため「私」の部隊は隴海線を開くことになり、途中の村に駐屯することになった。この時、「私」は胡蝶という女性と出会った。若く美しい胡蝶はプライドが高く、凛として、憂鬱そうであった。有力者の娘である胡蝶は村の女性の妬みと恨みをかっていた。ある日、その恨みを晴らすような出来事が起こった。一九三九年の清明節、日本軍が共産党ゲリラのテロに遭い、この村は日本軍に襲われ、村の富豪である胡蝶の屋敷はその標的となったのである。屋敷は焼かれ、胡蝶の父は殺され、胡蝶は強姦された後に大やけどを負って失明してしまう。

人民共和国成立後の文革中に、嘗て国民党の軍隊で戦った「私」は、なぜこの時に「私」が胡蝶を見殺しにしたのか詰問されて次のように考える。まずあの状況では、助けようとしても助けられる状況ではなく、自分も一緒に犠牲になるだけに過ぎなかったから。次にこの機会に乗じて、村人達は村の支配者に対する恨みを晴らしたいという気持ちに満ち溢れていた。そのような雰囲気の中で、「私」が胡蝶を日本軍から助けることは逆に村人の恨みを買うことになると感じ、「私」はただ見殺しにするしかなかったから。最後に、このような辺境の村で、出過ぎた行動に出ることは身の破滅を意味することがわかっていたから。しかし、この事件にどのように答えようが、「私」の運命は既に労働改造に送られることが決定されていた。労働改造での日々、「私」は自分が無用な存在だと感じる。そして、文革が終わると、釈放されて家に帰る。

「私」は既に社会では無用な存在で何もすることもなく、孤独な生活のなかで過去を思い起こす。夜中にふと目が覚めると、月が中天にかかり、窓外の樹木の濃い影が暗い光のなかに浸されている。

私の記憶は月のように夜の天空に高くかかっており、ある時間の周縁に留まっている。それは一杯の磁器のコップを通して、私のベットを照らし、私に説明のしようがない憂鬱、悲哀、強い懐かしさの思いをもたらした。

人生という時間のなかで「私」は体から幽体離脱して、「私」を見下ろしている。うとうとと微睡む「私」は機織の音で現実にかえり、蟋蟀の低い鳴き声があたりに響いている。「私」の意識に過去の自分と関係があった事件や人間が、時折浮かびあがる。しかしなぜ「私」がその事件を思い出したのかは自分自身にもわからない。人は過去の出来事を思い出す時、時間通りに秩序正しく思い出すわけではない。ふとした拍子に夢のように鮮明に浮かび上がる、そのようなかたちで思い出すものである。過去の記憶はまるで「私」とは別の生き物のようであり、「私」の記憶は「私」の想念の一部であるのに、それが果たして過去の事実に正確に符合しているのかもわからない。

迅速に流れていく時間は、最後に私をどこに連れて行くのかわからない。現実は人を厭きさせて、それは過去の単調で愚かな重複に過ぎず、ある時刻に達したら、回想はそれに必要な修正を加えることになっている。

「私」の記憶は統一性に欠け、修正されることすらある。友人の仲月楼が「全ての出来事は人に忘れられてしまう。これは壁に石灰を塗る時と同じで、新しい石灰で上塗りすると、もともとの色が見えなくなるようなものだ」と語るように。「記憶」は決して固定的なものでもなく、曖昧で不確実であり、矛盾している。「私」も自分の人生の物語を語るとき、「ある時、私は偶然に彼らと私の過去の物語を話したことがあった。あの自分で体験した往事は時間の泉の潤いと栄養を受け、往々にして幻のような性質をもった」と感じる。断片的な回想は現在の何らかの事に触発されて起こり、時には何らかの感情に触発されて思い出される。

「記憶」とは過去の事実自体ではない。過去はそっくりそのまま同じであり、同じ映画をまた他の時に見ると、そこから受ける感覚が違うといったものでもない。思い出すという行為自体が現在の時間において行われるために、過去は既に現在の「私」の想念によって何度も修復を受け、書き直されているのである。小説の主人公「私」の意識はそのような不確かな回想そのものであり、「私」の人生はそのような回想によって作り出された物語である。

五　無数の「歴史」

格非はインタビューに答えて、「私に創作を始めさせた原因はコミュニケーションの障害かもしれません。それから自分に対する疑い、全てに対する疑い。自己の殻に閉じこもる傾向は早くから始まっていました。大学に入った後、私と形なき社会との間に存在する障害はますますはっきりとしてきました。私の創作したいという願望はこのように悲惨な背景のもとでだんだん明確になってきたのだと思います」と語っている。(2) 作家の創作する動機が自らと社会との齟齬にあることは珍しくないが、格非は私小説としてその感覚を描くのではなく、主人公がもっている記憶が、社会で共有されている歴史と乖離し、疎外されているというかたちで、より抽象化して表現している。

格非の『周縁』において、「私」の人生で起こるさまざまな出来事は年代に沿って並べられておらず、また原因から結果へと続く一連の因果関係としても語られていない。また小説内の出来事は「私」の経験に限定されたものであり、個人の記憶を超えるような事件については書かれていない。記憶はばらばらな断片であり、浮かんでは消え、時には修正を受けて曖昧で不正確である。それぞれの出来事は主人公が思い出すままに綴られており、「私」を巡る人生の物語が、国家の歴史事件のなかに包括されることは決してないのである。

リアリズムの形式によって描かれた歴史小説は、現在の視点から過去を書いており、そのため全ての事件は因果関係によって緊密に連結しており、また語り手によってその事件の歴史的意義が処々に織り込まれている。これらの小説で描かれた「歴史」は必ずしも個々の人間が体験したことに基づいて書かれたものではなく、初めから設定された「公」の視点に立った語りによって統制され、絶対的かつ唯一無二の「歴史」として提供されてきた。しかし、人はその身体性により時間と空間によって制限されており、全知全能の神のように何もかも全てを知るということは不可能である。実際には個々の人間の感覚がさまざまであるように、個々の体験や記憶もさまざまである。そして本来「歴史」は、このような生身の人間の体験を通した、「記憶」から生み出されるはずのものである。もし個々の人物の記憶に即してみるならば、「歴史」は一つではあり得ず、無数の「歴史」が生まれるはずである。

『周縁』において語られる「歴史」も、このような無数の「歴史」のなかの一つとして位置づけることができる。さまざまな人の記憶から構成されるさまざまな歴史があり、同時にそれらがばらばらに存在している。誰しも唯一絶対の「歴史」にある種の違和感を持ちながらも、さまざまな歴史が存在している可能性についてどのように表現するべきかわからなかったのである。しかし、格非は「個人の記憶」のあり方に着目し、その有限性に擬えて、それを小説の形式として用いた。そうすることで、唯一無二の絶対的な歴史に疑問を呈したのである。つまり、格非の小説は、生身の人間の記憶のあり方に則って「歴史」を描くことによって、生身の人間の記憶の有限性を越えた歴史の絶対性を突き崩す試みをしたといえるだろう。

【注】

（1）陳暁明『無辺的挑戦——中国先鋒文学的後現代性』（時代文芸出版社、一九九三年五月、三一三頁）。

（2）格非「格非訪談録」（『格非散文』、浙江文芸出版社、二〇〇一年九月、二三四頁）。

第八章　新しい「現実」の構築にむけて〈余華〉

一　中国の戦争小説

中華人民共和国成立後の中国において、戦争を題材にする事は特殊な意味をもっていた。戦争を題材にした創作は、中華人民共和国成立直後の五〇年代に最も多く書かれた。そのなかで国共内戦は最も多く取り上げられた戦争の一つである。碧野の『我々の力は無敵だ（我們的力量是無敵的）』、杜鵬程の『延安を守れ（保衛延安）』、峻青の『黎明の河辺（黎明的河辺）』、肖平の『三月雪』、呉強の『紅日』、曲波の『林海雪原』などの作品はすべて国共内戦を描いた小説である。(1) 中華人民共和国は共産党が抗日戦争を勝利に導き、腐敗した国民党にうち勝って樹立した国家であり、そのため国共内戦は革命の歴史を語る上で欠かせない重要な題材の一つだったからである。作家は戦争を描くという行為を通して、その読者は小説を読むという行為を通して、中華人民共和国という国家の正当性を確信した。

これらの戦争小説が共産党のアイデンティティを強化し、イデオロギーを宣伝するためであったことは言うまでもない。しかし彼らの小説は勧善懲悪のストーリー等の政治的色彩が強いにもかかわらず、戦闘の描写においては身に迫るような迫力があった。これらの戦争小説を書いた作家たちの大部分が従軍記者であったり、戦争中に文芸工作に携わったりして、この戦争を直接体験していたためである。実際に軍人として軍を指揮した者さえもいた。彼ら自身がこの戦争を勝ち抜き、そして新しい社会建設の基盤を築いた者であり、彼らの行為は無条件に肯定されるべきだと信じていた。このように中国の戦争小説は、外国の戦争小説が戦争の無意味さ、残酷さを描き出し、人間の存在意義や尊厳を訴えかけることをテーマにしているのと、根本的に異なっていた。

これらの多くの戦争小説は、主に共産党政権が確立した直後の五〇年代に最も多く作られており、共産党のいわゆる「新教育」を受けた青少年に自己のモデルを提供した。知識青年世代とその少し上の世代は、まさにそのような五〇年代の「新教育」のもとで育った中国共産党の申し子ともいうべき世代であった。この世代は、中華人民共和国成立以前の、中国共産党の戦争を実際には経験していない。しかしこれらの小説に自己実現を重ねて青春時代を送った世代である。また六〇年代から七〇年代初めぐらいに少年だった作家たちも、高校生や大学生ぐらいの年までは共産党イデオロギーに染まらない文化に触れる機会はほとんどなく、少年時代に多かれ少なかれこのような革命物語に触れていた。

なぜ先鋒派作家は九〇年代以降、このような既に書き尽くされた戦争をテーマとするようになったのだろうか。そして彼らの描く戦争は、以前の戦争小説とはどのような点で異なっているのだろうか。ここでは余華の代表作『活きる（活着）』を通して、この問題を考えてみたい。

二　社会の片隅で活きる（『活きる』）

『活きる』は余華の代表作である。この小説は、八〇年代後半の実験小説から抜け出し、九〇年代以降の作風を確立するきっかけとなった作品でもある。個人の感覚に立脚した描き方は継続されているものの、実験的な色彩は全体を通して影を潜めている。『活きる』は映画化されたため、その内容は多くの人が知るところとなったが、映画は小説の筋やテーマをかなり変えている。ここでは余華の小説に即して、その内容を紹介してみよう。

小説は、ある若者が文化大革命の最中に民謡収集のためにやって来た農村にて、「福貴」という名の老人と出会うところから始まる。老人には家族はなく、一人で牛を引きながら野良仕事に励んでいた。彼は昔の民謡を歌うのが得意であり、民間歌謡を収集している青年の「わたし」は自然と老人と親しくなり、ある日の午後に老人から身上話を聞かせてもらうことになった。

小説はここまで民謡収集に来た青年の「わたし」が語るという形式で描かれているが、ここからは老人自身が自らの身上話を語るという形式をとっている。老人「俺」が語る物語は、四十数年前から語り起こされている。当時は日本が敗戦して国民党が町に駐在していたとあるので、一九四五年あたりと思われる。老人の話を聞く青年は文革中に農村へ下放してきた知識青年なので、小説の終わりは一九七〇年代までである。

老人「俺」の生年月日ははっきりと書かれていないが、老人は一九四五年前後に結婚したばかりとあるので、生まれは一九二〇年代と推測できる。「俺」（老人）はかつて地主のお坊っちゃんであり、放蕩生活を送っていた。当時、「俺」は家珍という裕福な家のお嬢さんと結婚をしており、鳳霞という可愛い娘がいた。それにもかかわらず「俺」は賭博にはまり、家族が諫めるのも耳を貸そうとしない。ある日、「俺」は賭博で大損し、掛金を取り戻そうとさらに賭けて、家屋や田畑まで全て抵当に入れてしまう。しかしその賭けで大負けして、全財産を取られて一文なしとなってしまった。結局、賭博で自分の屋敷田畑を取り上げた悪友の龍二に情けをかけてもらい、かつての自らの土地を少しばかり貸してもらうことで、どうにか暮らしが成り立つような極貧生活を送ることになってしまった。一度も野良仕事をしたことのない「俺」は暮らしもままならない状態にあるが、心を入れ替えて真面目に暮らし始める。実家へもどっていた妻も、生まれたばかりの長男をつれて自分のところに戻ってきてくれ、娘の鳳霞と共に四人でひっそりと暮らし始めた。しかし、このような慎ましい暮らしもつかの間、ある日、具合が悪い母親のために「俺」は医者を呼びに町へ出かけた。町で運悪く「俺」は国民党の部隊に出くわし、そのまま国民党軍に強制的に徴用され、共産党と前線で戦うはめに陥ってしまう。

抗日戦争中、蔣介石は国共合作という体制を維持していたが、抗日戦争が終わると政策を一変し、共産党の撲滅に力を注ぐ政策をとった。一九四六年に蔣介石は毛沢東を重慶に招いて会談し、停戦令を発布した。しかし蔣介石はそれを守ることがなく、一九四六年三月に東北に攻め入り、一九四六年六月には本格的な国共内戦の火蓋が切られる。蔣介石の率いる国民党軍は、アメリカの援助のもとで早急に共産党を一掃しようとしたが、毛沢東の率いる解放軍がゲリラ戦法をとって、当初国民党が予定していたとおりに共産党掃蕩作戦は進まなかった。解放軍は中国各地に解放区を作り、東北で国民党を攻撃して勝利した。

戦争開始当初、アメリカの援助と最新武器を備えた国民党軍は、軍事的に圧倒的に有利であった。しかし戦局は次第に解放軍の優勢に傾きていき、一九四七年一二月、毛沢東は「十大軍事原則」を打ち出して、解放軍全軍が統一した指揮系統に属して行動することを可能にする。一九四八年以降、解放軍が増強して優勢に傾き、国民党軍の士気は次第に減退していった。一九四八年秋、解放軍の東北における遼瀋戦役の勝利により、長江以北の地域において両軍の戦力が逆転した。九月一六日に解放軍は済南戦役で勝利を収める。これ以後、解放軍は勢いに乗って国民党軍を包囲して全滅するという作戦を練りだして、次々と勝利をおさめていく。

『活きる』のなかに描写された戦役はどの戦役であるのか、はっきりとは書かれていない。ただ、小説には次のようにある。主人公の属する部隊は「砲兵隊と一緒にどんどん北へ向かい、一ヶ月で安徽に着いた」。「俺」の部隊は江蘇省を越えて安徽省まで移動し、そこから更に北進し、長江を渡る。そして辿りついた村では既に戦闘が始まっていた。

長江を渡った後に、銃声が聞こえ始めた。最初は遠くからの音だったが、行軍を二日続けるうちに銃声が大きくなっていった。俺たちは村に到着したが、人おろか家畜の姿もない。中隊長の命令で、俺たちは大砲を備え付けた。

「中隊長殿、ここは何という村でありますか?」ある者が中隊長に近づいて聞いた。

中隊長は言った。「おまえはそうやって質問できるが、俺はいったい誰に聞けばいい?」

中隊長もここがどこなのか知らないのだ。村人はすっかり姿を消している。周囲を見渡したが、葉を落とした木々と萱葺きの家のほかは何もない。そのうちに、カーキー色の軍服をきた兵士の数がますます増えてきた。去っていく部隊があるかと思うと、やって来る部隊がある。俺たちの中隊のすぐ隣に駐屯する部隊もあった。


その後、国民党軍が負けて、「俺」は解放軍の捕虜となり、故郷へ戻されることになった。

俺が長江のほとりにたどり着いた時、南岸の一帯はまだ解放されていなかった。解放軍は渡江作戦を準備中だった。俺は数ヶ月、そこで足止めを食らったが、仕事を探し回って、何とか飢え死にを免れた。(中略)俺は南方へ攻め入る解放軍の後について家に帰った。数えてみると、かれこれ二年ぶりだ。出かけたのが晩秋で、戻ってきたのは初秋だった。

「俺」はちょうど一九四七年の晩秋に捕まえられ、一九四九年の初秋に帰ってきたということになる。この間には解放軍が国民党軍を包囲して全滅するという作戦で、中国各地で多くの戦役が行われた。

『活きる』のなかで描かれる戦役が何かははっきり書かれていないが、この時期の包囲戦、淮海戦役の一つではないかと考えられる。

三　国共内戦

淮海戦役は解放軍にとって決定的な意味をもった戦闘である。一九四八年秋、国民党は主力部隊を徐州と蚌埠の間に結集した。国民党は上海と南京への交通を確保するために非戦闘員と物資を撤退させて、解放軍の攻撃に対して守備の構えを取っていた。この戦役は国民党にとって存亡を賭けた決戦であり、また共産党にとっても最も重要な戦闘であった。

一九四八年一一月六日晩に淮海戦役は始まった。戦役は淮海以南を制する戦役と長江以北を制する戦役との二つの部分に分かれている。優勢となった解放軍は国民党軍の退路を断ち、一一月一六日には徐州と蚌埠間の鉄道を封鎖し、劉峙が率いる軍隊を完全に包囲した。蔣介石は直ちに援軍を差し向けたが、二二日には国民党第七軍は解放軍に殲滅させられた。

一一月二三日、徐州と蚌埠の間の国民党軍はいまだ行動を起こしていなかったが、黄維の率いる第一二兵団のみが南坪集地区で進撃を始めた。解放軍はこの第一二兵団を包囲して殲滅する計画を決定する。

一二兵団の第一八軍は蔣介石の直属部隊であり、国民党軍のなかでも五大戦力の一つと言われた部隊である。一一月二四日、第一二兵団は進軍して解放軍が仕掛けた罠にはまり込んだ。

『活きる』のなかでは具体的な戦役の名前が挙げられていないが、仮に淮海戦役の一つと想定して小説を読むと、当時の戦役が小説のなかでどのように描かれているのかがより明確になる。解放軍が国民党軍を包囲している様子については、次のように描写されている。


さらに数日が過ぎ、まだ大砲を一発も撃たないうちに、中隊長が俺たちに言い渡した。

「われわれは包囲された」。

包囲されたのは、俺たちの中隊だけではなかった。十万以上の国民党軍が、およそ十キロ四方の場所に包囲されてしまったのだ。どこもカーキー色の軍服で溢れ、縁日のような賑わいだった。

（中略）

最初はただ包囲されただけで、解放軍もすぐには攻撃してこなかったので、俺たちに恐怖感はなかった。中隊長も平気で、蔣委員長が戦車を派遣して助け出してくれるだろうと言っていた。その後、銃声がしだいに大きくなったが、やはり恐怖感はなかった。ただ、誰もが退屈で何もやることがないのだ。中隊長も攻撃命令を出さなかった。


これらの描写から「双堆集戦役」などの包囲戦をモデルにしていると思われる。「双堆集戦役」では、国民党軍の約十二万の軍隊は双堆集の七キロ半の狭い地域に包囲された。第一二兵団は村を拠点にして塹壕を掘ったが、解放軍は一つの村から一つの村へと包囲を狭めていき、終には双堆集の南北五キロ、東西一キロ半の範囲内まで包囲が狭められた。この後、国民党軍は解放軍の包囲網のなかで一ヶ月余りを過ごす。『活きる』では、次のような描写がある。

国民党軍の陣地は日増しに狭まっていった。どうしようもなく腹が減って食べ物を探しに行く以外は、気軽に塹壕から出ることはできなかった。毎日、数千人の負傷兵が担ぎ込まれた。俺たちの中隊の陣地は後方にあったから、負傷兵の天下となったのだ。

『活きる』のなかでは、国民党軍の部隊が共産党に包囲されて食料が不足し始めると、国民党の輸送機が空から食料を落として配給していく様子が描写されている。兵士達は空から配給される米に群がって奪い合いをするが、そのうちに米を炊く薪が不足をし始める。薪が底を尽きると、今度は焼き餅が飛行機から落とされる。兵士達は焼き餅に命がけで群がる。「俺」の手に入る餅は僅かばかりで、全く腹の足しにはならない。苦肉の策で思いついたのは、次のような方法だった。

それから俺たちは餅を拾いにはいかず、春生のやり方を用いた。餅を拾いに行こうとして人が折り重なり合っている時、俺たちは彼らの足からゴム靴をひっぱがした。反応がない足もあったし、じたばたと蹴る足もあった。鉄のヘルメットを拾って大人しくない足を思いっきり殴りつけると、足は少し痙攣を起こしたあとに凍りついたように固まった。俺たちはゴム靴をかかえて塹壕へもどり、火をつけた。どっちにしろ米は不足しない。こうすれば苦労はなかった。俺たち三人は米を炊きながら、真冬に裸足でぴょんぴょんと歩いている人を見ると、笑いが止まらなかった。

『活きる』では、厳しい生存条件をどうにかして生き抜こうするしたたかな様子が描写されている。包囲戦のために寒い坑道のなかで食料もなくなっていき、「俺」は故郷を思うと堪らない気持ちになる。ある晩、坑道の外が騒がしい。しかし疲れきった「俺」はそのまま寝ていた。すると夜明けになって何の音もしなくなっていた。坑道から外を覗いてみると、何千という人が死んでいた。戦友の老全は驚いて、「酷い」と言ったきり、外に倒れている兵士の顔を確認し始めた。すると、銃弾が飛んできて――

俺たちは老全を寝かせ、手の甲で背中の血を押さえたが、その箇所は湿ってまだ熱かった。血はとまらず、俺の指の間から流れ出ている。老全の眼はゆっくりとまばたきをした。俺たちを見ているのだろう。それから唇が動き、かすれた声で聞いた。

「ここはどこだい?」

俺と春生は頭を上げて周囲を見渡した。俺たちにここがどこかわかるはずがない。仕方がなくまた老全を見た。老全は眼をしっかりと閉じてから、またゆっくりと開き、次第に大きく開いた。口元がゆがみ、苦笑しているようだった。しわがれた声が聞こえた。

「俺さまはどこで死んだかもわかりゃしない」。

老全はそう言い終わると、間もなく死んでしまった。

淮海戦役は解放軍にとって最も華々しい戦役の一つである。しかし、『活きる』では国民党軍に参加した立場から書かれている。戦友は死ぬ間際に「ここはどこだい？」と聞くが、誰も答えられない。戦友の「俺さまはどこで死んだかもわかりゃしない」という言葉は、まさに彼らの人生そのものを象徴している。彼らは社会からみると名もなく、意味もない存在である。彼らには生きる意味もわからないし、また死ぬ尊厳も与えられていない。戦争に参加させられたのも偶然であり、生きるか死ぬかも運次第である。「俺」には自分がどこの村に連れてこられて戦わされているのかもわからなければ、何のために戦うのかもわからない。ただひたすら生き延びる事のみを考えており、そこには英雄的な行為もなく、戦争に負ける苦しみもない。

結局、主人公は解放軍に負けて捕虜となり、故郷へとたどり着く。この後、小説は中華人民共和国成立後へと続いていく。「俺」がどうにか故郷にたどりつくと、村では土地改革が始まっていた。賭けに勝って、「俺」の屋敷田畑を取り上げた龍二は地主と見なされて、銃刑に処せられることとなる。

龍二は散々な目にあった。地主として羽振りをきかせたのは四年にも満たず、「解放」ですべてを失ってしまった。共産党は土地を没収し、もとの小作人に分け与えた。ところが龍二はこれに甘んじず、これらの小作人を脅した。（中略）人民政府は、龍二を悪徳地主として逮捕した。街の牢獄に送られてからも、龍二は時勢をわきまえず、頑として態度を改めなかったため、とうとう銃殺されてしまった。

龍二の銃殺の日は、俺も見物にいった。死の間際には龍二もようやく弱気になり、護送途中には涙とよだれを流し、知り合いにこう語ったそうだ。

「まさか銃殺されるとは思わなかったよ」。

あの時、賭けに負けてなかったらと考えると、背筋も凍る思いである。「俺」は龍二から貸してもらったあの小さな五畝の土地を分け与えられ、その土地を耕して細々と暮らし始める。しかし、一九五八年に人民公社が成立すると、この僅かながらの土地も人民公社に取り上げられる。このことを妻の家珍は悔しがり、「今度また土地の分配があったら、やっぱりあの五畝の土地をもらうわ」と言った。

このあと、「俺」は息子の有慶と娘の鳳霞の二人の子供を失う。息子は県知事の妻がお産で出血した際に輸血を名乗りでて、多くの血を採られすぎたために亡くなってしまう。そしてこの県知事とはなんとかつて国共内戦を戦った戦友であった。彼は解放軍の捕虜となった後、そのまま解放軍に参加していたのである。娘の方は成人して結婚するが、男の子を出産直後に大量に出血をして死んでしまう。「俺の子供は二人とも、出産と引き換えに命を落としたのだ。有慶は他人の出産、鳳霞は自分の出産のために」とあるように、二人の死は、生まれ出る命の代償として死んでいった。

この後、病気がちだった妻の家珍も娘を失ったショックで、そのあとを追うようにして亡くなった。「俺」は残された娘婿の二喜と共に孫の苦根を育てる。しかし、婿の二喜も仕事中の事故で亡くなり、孫も豆を喉に詰まらせて死に、最後には主人公の老人だけが残された。

老人の身の上話が終り、暗闇の中に消えていく彼の姿を見送った青年は次のように形容している。

老人と牛は遠ざかって行った。やがて老人のかすれた、心打たれる歌声が遠くから聞こえてきた。それは広々とした夕方に、風のように漂っていた。老人はこう歌った。

少年は放浪に旅立ち
中年は宝探し
老人になると和尚になりたい

炊煙が農家の屋根からゆらゆらと立ち昇り、夕焼けに染まった空に散って消えていった。

青年は老人を同情の眼差しでは見ていないし、またこの過酷な現実を強いた中国の動乱に対しても何ら批判の目も向けていない。老人はただ与えられたままに精一杯に生き、その姿は黄昏のなかに沈んでいく田園風景と重なり、人生の全てを達観したかのような穏やかさである。

小説は農民の「俺」の視点から語られている。時代の荒波は「俺」の人生を巻き込みながらも、「俺」は常に歴史の流れに身を任せるしかない。戦争は、「俺」とほとんど関係のないところで繰り広げられている。「俺」は自分が生き延びるのに必死であり、その戦闘のもつ歴史的な意義に対しては自覚がない。そして、国民党が解放軍に壊滅させられて投降するシーンなどの「歴史的な場面」においても、英雄的な場面ではなく、まさに一兵卒の目から見た、たまたま戦闘に参加せずに命拾いをした場面として描かれている。戦争と自分との関係は、関係のないところで起こる災害とそれをどう上手く逃れて生きて延びるかというような関係として捉えられている。主人公には歴史事件を重大な歴史的意味を有するものとして捉える視点が欠如しており、このような戦争の描かれ方は先鋒派作家に共通する描かれ方となっている。

四　静寂の音

一九九〇年代以降、先鋒派作家たちは「歴史」を題材にした長篇小説を書き始める。彼らがこれらの作品を書くなかで初期から一貫しているのは、周縁に生きる人々の感覚を中心に据えて表現していく方法である。格非は文集の自序において、農民を書くことについて次のように述べている。

『静寂の音（寂静的声音）』は私の長篇小説『周縁』のもとの題名だったが、なんとなく後にそれを変えてしまった。

数年前まで、私は故郷で野菜作りをしている農民と長い付き合いを保っていた。彼は若い時に保定軍事学校を卒業し、旅団長をしたことがあり、また世を去るまで詩を書き続けた。私は前後して二回、彼を訪ねたが、ほとんどしゃべらなかった。私たちは彼の奥まった中庭で何もすることなく座り、黙って相対して、庭外の林からの静寂の音をなんとなく聞いていた。

この野菜作りの農民は後に『周縁』の仲月楼のモデルとなった。思うに、私と彼の交際が作品の形成へ及ぼした影響は、題材面というよりも、むしろ一種の雰囲気や一種の風格と言った方がいいかもしれない。私は『周縁』のなかの人物と現実のなかの仲月楼とが、どのような関連があるのかわからないが、私は彼らが完全に同じ運命にあると深く感じていた(2)。

この言葉は、まるで『活きる』のなかで青年が農民に出会った場面を思い起こさせる。格非の『周縁』も、社会の周縁で発言権ももたずにひたすら働き続けて一生を終わる人からみた中国の激動の歴史を描いた作品である。

『周縁』と『活きる』という二編の小説は、非常によく似ている。時代背景が共通しているだけではなく、特に「戦争」に対する描写が驚くほど酷似している。『周縁』において、主人公の「私」も国民党の軍隊に加わって戦争をし、国共合作後は解放軍と共に戦い、解放後には文化大革命において批判される。『活きる』において、主人公「俺」も国民党の軍隊にひっぱっていかれて、その後に解放軍に負けて捕虜となり故郷にもどる。解放後の土地改革においては、屋敷田畑を賭けに負けて全てとられてしまっていたために命拾いをするが、農民として暮らし、社会の下層で生きて、一人一人と家族を失っていく。この二編の小説が似ている印象を人に与えるのは、主人公の運命が似ているだけではなく、国民党と共産党の内戦、解放、大躍進、文化大革命と続いていくそれぞれの歴史的事件に対する主人公の態度が似ているためである。

興味深いのは、格非と余華の二人が中国近代における激動の歴史を自ら体験したわけではないことである。格非は一九六四年生まれであり、余華も同様に一九六〇年生まれである。彼らは小説中で描いている歴史事件を実際に体験した事はない。文化大革命ですら主体的に参加したとは言い難い。格非の『周縁』において、主人公「私」の身の回りの世話をしている若い女の子である小琴について、「私は晩年の歳月のなかで、知らず知らずのうちに、小琴に当時の経歴を話したことがある。彼女はその時代の多くの若者と同様に、戦争と遠く離れてしまったため、一人の兵卒の本当の絶望と快楽を永遠に理解できないようだった」と描かれている。しかし、実は作家自身こそが「戦争から遠く離れてしまっている」世代なのである。

もしこの世代が知っている「重大な戦争のなかで心を驚かし、魂を揺さぶるような場面」があるとしたら、それは中華人民共和国成立後に大量に出版された文学や映画などからきた戦争のイメージである。つまり先鋒派作家の戦争に関する小説は、今までの戦争文学を自覚的に相対化する目的で描いていると言ってもいいのである。名もない個人の「私」は、戦闘の意義もわからない。国民党軍に参加するのも、解放軍に参加するのも、一兵卒にとっては全く同じであると感じている。主人公「私」の記憶をいくら積み重ねても、それが「国家」という物語に接続されることはない。つまり、この両者が繋がる回路が遮断されることで、社会主義リアリズムで描かれた戦争を別のものとして描き、共産党が戦争に与えてきた「意義」を剝奪しているのである。

このように一九九〇年代に入ると、彼らの作品は以前のような「実験性」を弱めて、よりわかりやすい作品へと変化していく。しかし、それは八〇年代の作品からの断絶ではなく、その延長線上にある。そもそも彼らの創作の動機はリアリズム小説を解体することにあったのではなく、むしろリアリズム小説では決して表現できなかった彼らのリアリティを表現することに目的があった。そして彼らは苦しい模索を経て、自らのリアリティを表現できる形式を作り出すことに成功した。その成功によって、知識人にしても、共産党にしても、社会を主導する中心的立場からしか描かれてこなかった中国の「歴史」を、周縁から見た「歴史」として提示することが可能となったのである。

【注】

（1）陳暁明『無辺的挑戦——中国先鋒文学的後現代性』（時代文芸出版社、一九九三年五月、三一三頁）。

（2）格非『格非文集：寂静的声音』自序（江蘇文芸出版社、一九九六年一月）。

おわりに

最後に、格非、蘇童、余華のその後の活躍について簡単に紹介しておこう。

格非は大学卒業後にそのまま大学の研究室に残り、研究活動に従事しながら創作活動も営む。『烏攸先生を追憶す』に続いて、『迷舟』『時間を渡る鳥たち』『オルガン』『青黄』などの前衛的な作品を発表する。同時に、学術研究に於いても、二〇〇〇年に廃名に関する博士論文を提出し、博士号を取得する等の成果を挙げている。リアリズムが主流の中国近代文学において、廃名は最も早く実験小説を書いた貴重な作家の一人である。これらの学術研究は自らの創作体験と重なるところもあった。一九九四年から格非はしばらく筆を擱くが、二〇〇四年に長編小説『人面桃花』を発表する。この十年の沈黙について彼は次のように語っている。「二〇世紀の八〇年代に、我々は自らは隠された中心に身を置いているといつも感じたものでした。熱い火が天を撞く勢いの社会に対して、我々はシニカルな見方で自分こそが真理を把握しているのだ、生活の神髄を把握しているのだと思っていました。自分の生活のなかで自信に満ち、自由に生活をしていました。二〇世紀の九〇年代に社会が変化すると、異なる人々が現れました。この時、私は文学の世界がもはや我々のものではないと絶えず感じるようになりました(1)」。

この十年は彼は色々な意味で創作に困難を感じていたという。一九九〇年代は中国社会はかつてないほど急激に経済発展が進み、高度情報化・高度消費化社会へ突入した時代である。これはただ単に経済面、物質面で人々の生活が豊かになっていったというだけではなく、それまで主にエリートが中心となっていた言論界が、大衆を対象としたマス・メディアを中心とする大衆消費社会へと転換していったということを意味している。文学愛好家としての読者が、文学を消費する読者へと変わっていった。大衆はややこしく込み入った文学よりも、簡単で物語性の強い面白い文学を好むようになり、それは前衛的な作品を受け入れていた読者層の消滅を意味していた。そこで、格非はある種の転換を迫られたわけであるが、その方法が上手く見出せずに苦しむ日々が続いていた。この時期、格非は中国の伝統的な小説や歴史を読んでいたという。その成果として、西洋的な技法に偏りがちだった以前の作風を改めて、伝統的な作風へと転換し、『人面桃花』を書き上げた。十年間の沈黙の末に書き上げたこの小説は中国でも大きな評価を得て、華語文学伝媒大賞と二十一世紀鼎鈞双年文学賞を受賞した。続けて、二〇〇七年一月に『人面桃花』に続く三部作の二として、『山河、夢に入る（山河入夢）』、三部作の三として『春、江南に尽きる（春尽江南）』を出版した。この三冊は、「江南三部曲」と呼ばれ、二〇一五年には、長編小説に贈られる中国で最も栄誉ある賞である、第九回茅盾文学賞を受賞している。現在も清華大学で教鞭を取りながら、創作を続けている。

蘇童は北京師範大学を卒業後、南京芸術学院に教育補助員として就職するが、その後に辞職する。一九八六年から文芸雑誌『鍾山』の編集部に移り、江蘇省作家協会に加入して、一九九一年から作家協会江蘇分会の専業作家となる。『桑園の追憶』に続いて、少年を主人公とした多数の短編作品を発表し、芸術性の高さを評価される。一九八九年六月『収穫』に掲載された『妻妾成群―紅夢』は、張芸謀監督の『大きな紅い灯篭を高く掲げて（大紅灯篭高高掛）』として映画化された。映画は第四四回ヴェネチア国際映画祭で銀獅子賞を受賞、第六四回アカデミー賞外国映画賞にノミネートされてヒットし、これをきっかけに全国的に蘇童の名が知られるようになる。蘇童はこの作品について、「私の創作からすると、『妻妾成群―紅夢』は一つの芸術的な試みであり、私は以前に使い慣れた形式の罠から抜け出し、もともと存在していた古典的な心と生活で小説の空間を埋めるように力を入れた。私は繊細な写実的手法を試し、人物や人物の関係に合う物語を描いた。結果、これは以前と同じような愉快な創作過程であることに気づいた。私はもう一つの小説の可能性を本当に見出したのである(2)」と述べている。この作品から以前の短編に見られる形式実験が影を潜め、蘇童の作家としての転機となった。また短編を主に創作してきた蘇童にとって、中編であるこの作品は新たな挑戦でもあった。その後、蘇童は旺盛に短編から長編までさまざまな作品を発表し、若手作家のなかでは最も読者が多い作家の一人と言われている。二〇〇九年には『河・岸（河岸）』を出版し、第三回マン・アジア文学賞、中華文学賞、第八回華語文学伝媒大賞年度傑出作家賞を受賞した。また、二〇一三年に長編小説『黄雀記』を発表し、二〇一五年に第九回茅盾文学賞を受賞している。現在北京師範大学に招かれて、創作の指導などを行ったりもしている。

余華は地元で五年間歯科医をしたが、この仕事は性に合わず、後に地元の文化館へと入る。そして、『十八歳の旅立ち』が認められた後、その仕事もやめて創作活動を本格的に開始する。『四月三日の事件』『世事は煙のごとし』『現実の一種』などの実験性の高い作品を次々と発表して、作家としての地位を固める。しかし余華も同様に九〇年代以降は新しい方法を模索し始める。以後の作品は実験的色彩を薄めたものになり、主に長編小説を創作している。そのなかで、農民の一生を描いた『活きる』が張芸謀監督によって映画化され、余華は海外にて高い評価を得ることになった。一九九八年にはイタリアのグランザーネ・カヴール文学賞、二〇〇四年にはフランスの芸術文化勲章を受賞した。また二〇〇五年には『兄弟』を出版し、話題を呼んだ。二〇一三年には、長編小説『死者たちの七日間（第七天）』を発表し、また散文集『ほんとうの中国の話をしよう（十個詞彙里的中国）』も出版するなど、現在も活躍している。

【注】

（1）『新京報』二〇〇四年八月六日。

（2）蘇童「尋找灯縄」（『蘇童研究資料』天津人民出版社、二〇〇七年七月、四六頁）。

インタビュー

蘇童訪問録

一九九九年夏　南京にて　質問者　森岡優紀

【ペンネームについて】

質問：ペンネームはどういう意味ですか？
蘇童：私は蘇州人で、姓が童と言いますから、この二字を一緒にしたのです。簡単なものです。蘇州の童姓、こんな風に比較的簡単につけました。
質問：みんな、あなたのことをなんと呼びますか？
蘇童：みんな蘇童と呼びます。私の父でさえ蘇童と呼ぶのです。父は昔に家で呼んでいた乳名で呼ぶのが恥ずかしいからです。子供の名前で大人を呼ぶのは、恥ずかしい感じがしますので、蘇童と呼ぶことにしました。私には正式な名前があり、私の大学時代のクラスメートはもとの名で呼びます。仕事をするようになり、私が勤めていた学校ではみんなに「小童」と呼ばれました。仲のいい学生は「阿童」と呼びました。それから、ここ『鍾山』で編集をやるようになってから、彼らはもちろんペンネームで呼び、私を蘇童と呼びます。私の本名は誰も呼ばなくなりました。時々偶然、ある人が本名を呼ぶとしたら、尋ねなくてもすぐに大学時代のクラスメートだとわかります。

質問：奥さんも蘇童と呼ぶのですか？

蘇童：そうです。今のはまさにその意味です。今、私が自分の本名を呼ばれると、馴染まない感じがします。この感じは変ですね。私の身分証明書は本名で、私の職場の身分証明書は蘇童と書いています。私はどちらも使えて、必要に応じて取り出します。パスポートにも二つの名前が書いてあります。二つの欄があるので、上に私の本名、下に私のペンネームを書きます。だから全く面倒なことはありません。

【故郷について】

質問：蘇州で以前住んでいたところを紹介して下さい。

蘇童：私が以前住んでいたところは蘇州で一番低いところで、雨が降ると通りは全部水浸しになります。今年（一九九九年）、蘇州は有史以来初めての大水で、私でもこんなことを体験したことがありません。夏じゅう雨が降りました。私が前に住んでいたところは膝まで水が来て、どうしようもなくて、みんな引っ越してしまい、誰も住んでいません。水が引いたらもどってくると思いますが、今はまだです。

質問：『城北地帯』等に書かれている人物について、あれは故郷の人々をモデルにしたものですか？

蘇童：小説中のあれらの人物は、私の記憶では、私よりも少し年上です。私の兄ぐらいの年です。

質問：彼らとつき合いはありましたか？

蘇童：何かつき合いがあったとは言えません。我々の街の生活は今の人の生活とは違います。プライバシーはありません。プライバシーを守りたくないわけではありませんが、守るのは不可能です。誰かの家が冬でもないのに閉めたら、あの家は何か問題があると思われます。何も疚しいことがないのに、どうして昼間からドアを閉めるんだ、夜でさえも閉めないのに、と思われます。そこでもし誰かが人のことを知りたかったら、何でも知ることができます。

質問：今でもそうですか。

蘇童：現在はこのようではありません。通りはそのままですが、生活の方式はあの頃のようではありません。当時、私の記憶では一七、八の女の子の部屋であっても、通りを越えて、いくつかの家の中を通り抜けて、女の子の部屋に直接入ることができました。まさに何の障害もなく、私もびっくりするほどでした。私は小さい頃いたずらっ子ではありませんが、街で何か面白いことがないかとあちこち歩き回るのが好きでした。いい子ではないですが、喧嘩はあまりしませんでした。私の兄は喧嘩が強かったです。私の街では男は喧嘩ばかりしています。

【青春時代と読書について】

質問：大学時代はどのように過ごしましたか？

蘇童：私が大学にいたときは、主に大量の文学の本を読みました。大学四年間で読んだ本は最も多く、最も集中的に読みました。読み終わると書きたくなりました。私は主に文学雑誌に載っている作家達の作品を読みました。彼らの書き方はあまりよくない、私は彼らよりはましではないか、当時は単純に考えてました。そしてこのように考えているので、雑誌に投稿し始めました。最初は大学の時、三年間、詩を書きました。あの時の大学生は誰でも詩を書いていました。八〇年代に北島等の影響は絶大でした。後で偶然に小説を書く方が満足感を感じるようになり、自分にもっと合っていると思いました。

質問：いつ頃から外国文学を読むようになりましたか？

蘇童：高校時代からすでに始めました。一九七六年に文革が終わり、一九七七年の時はまだ何もなく、一九七八年になって突然ピークが来て、世界中の翻訳したものが、一気に入ってきました。一九七七年、七八年だったと覚えています。だから、私が小さい頃は何も読む本がありませんでした。『紅岩』はまだいい方です。多くは雑多なもので、文革文学と呼ばれて、文革から出てきたもので、今から見ればとても奇妙なものでした。私はこのような作品ばかり見ていたので、外国の作品を見たとき、ほんとにその差が激しくて、全く違うじゃないかと思い、好奇心が沸いてきました。その頃、私の趣味の一つは外国の本を読むことでした。

質問：始めて読んだ外国作品は何ですか？

蘇童：始めて読んだのは、アメリカの当代小説の短編集だったのを覚えています。例えば、フォークナーの『エミリーへの薔薇』等です。

質問：読んでどんな印象を受けましたか？

蘇童：読んだら今まで一度も読んだことのないような小説で、とても新鮮だと思いました。例えば、オコーナーの『いい人は探しにくい』。それは、無惨な物語です。読んだ時、ショックを受けました。それは私が今まで見たことのなかったもので、このような作品に対してとても深い印象を受けました。外国のものが面白いという印象が残りました。

質問：サリンジャーは？

蘇童：大学時代に読みました。私は一晩で読み終わりました。この小説はあの時の考え方と気持ち、私の情緒に合っていたからです。その本は図書館から借りたものではなく、私の同級生のものでした。この同級生も他人から借りたもので、彼は私に「明日、返さなければならない」と言いました。この同級生は上海人で、文学の素養があり、彼が私に推薦した本はいいものであったと今は思います。私はトイレの隣の洗い場に駆け込み、そこは灯りがついているので、そこで夜中の三、四時まで読みました。面白いと思いました。その頃、小説を読むときは面白い小説だと一気に読み終わりました。しかし、勉強するために読む小説もあります。例えばフォークナーの小説『花と騒動』、私は以前から知っていますが、あの本は一気に読むことができません。

質問：では、今の中国の作家の小説を読みますか？

蘇童：私は読んでいる作品がだんだんと少なくなっています。私は今ますます時間が足りないと感じています。私は自分で多くの本を読まなくてはいけません。音楽も聴きたいし、水泳もしたいし、娘の世話もしなくちゃいけない。そこで、他の作家の小説、特に無名の作家の小説を読む時には、私はできるだけ保証のある本を読みたいのです。保証のある本とは必ずいい本のことです。例えば、フォークナー等の大家です。このようないい本は、一冊一冊と翻訳され続けています。彼の本を読むときっと問題なく、時間を浪費することがありません。今、本と小説を読むとき、ますます慎重になっています。

質問：格非などの同世代の作家の本は読みますか。

蘇童：彼らの作品は読みます。友達だからです。友達は親しみが沸きます。長編は読まないときもありますが、中編と短編は必ず読みます。

質問：好きな作品は何ですか？

蘇童：余華の『血を売る男（許三観売血記）』が一番好きです。短編は『名前のない男（我没有自己的名字）』です。格非は『青黄』で、『涼州詞』も悪くない。

質問：外国の作品も読みますか？

蘇童：外国の翻訳された作品は多く読んでいます。例えば、アメリカ、ヨーロッパ、ラテンアメリカ等です。

質問：トルーマン・カポーティなどは好きですか？

蘇童：この作家はとても好きです。この作家はとても単純で、特に彼の短編が好きです。長編は実は読んだことがありません。彼の最も有名な作品は『ティファニーで朝食を』で、他のいくつかの短編も、私はいいと思います。例えば、『カメレオンに聞かせる音楽』等です。彼の作品はとても簡単で、子供に読ませても全く大丈夫なほどです。それに『クリスマスの思い出』、私はこれが一番好きです。

質問：原文で読みますか。

蘇童：原文は見たことありません。私が原文で比較的多く読んだ作家に、カーヴァー・レイモンド（Carver Raymond）がいます。あれは私の英語力でも読むことができる唯一の作家です。彼の全ての短編小説を読みました。英語で読むのはここ数年前から読み始めました。数年前、私はイタリアに行き、ある中国学者が彼の本をもっていて、私が見ますと、彼は「彼が好きですか？　好きなら持って帰って見たらいかがですか？」と言い、彼はその本を私に送ってくれました。唯一多くの原文を読んだ外国の作家が彼です。彼はいわゆるアメリカの「ミニマリズム」に属する作家です。「ミニマリズム」とは七〇年代に人気が出たものです。その中に女性作家にアン・ビーティー（Ann Beattie）がいて、他にも多くいます。もしフォークナーを読もうとしても、きっと読むことができません。ヘミングウエイは簡単です。彼の言葉は、私がさっき言ったカーヴァー・レイモンドほど簡単ではありません。たとえアメリカで生活したことがなくても、ヘミングウエイの言葉はある種の書面語でとても簡単ですが、生活とかけ離れているのがわかります。それに対し、カーヴァー・レイモンドの言葉は生活に近い感覚があります。アメリカで生活したことがなくても、彼が用いる言葉は生活からとても近いような感じがします。彼の書き方は感覚で摑めます。

質問：サリンジャーも原文で読みますか？

蘇童：サリンジャーは、高校の時とても好きでした。高校時代に私はこの作家を知りましたが、最初に彼を読んだのは大学でした。サリンジャー、私は彼を原文で読んだことはありません。きっと難しいでしょうね。彼の本は翻訳されると、比較的簡単な中国語になりますが、彼の書き方からすると使用した言葉は比較的難しいと推測されます。

質問：中国の翻訳はどう思いますか。

蘇童：我々中国の翻訳はとてもすごいので、アメリカ文学を訳する多くの専門家はとてもいい訳をしてくれます。私はこれらの優秀な翻訳家に大変感激してます。ほんとに、うまい訳をしてくれます。日本文学を訳する専門家もいます。一人の女性翻訳家は三島由紀夫を訳しています。我々の翻訳は特にすごいです。

質問：いつ頃から訳し始めましたか？

蘇童：彼らは全て七〇年代末から翻訳し始めました。しかし、彼らはその前に十数年間準備したと思います。文革の頃はすることがないので、色々と蓄積しました。今の翻訳レベルが落ちたのは蓄積が足りないのだと思います。

【文学の伝統について】

質問：当代文学（中華人民共和国成立以後の文学）についてどう考えていますか？

蘇童：当代文学史は二つの段階に分けることができます。新文学時期から始まった段階と文革以後の七〇年代から始まった段階です。前者は本質上、士大夫的な文学であり、現実の中の問題に注意し、自分が自己の作品を通じて問題を発見することができるか、もしくは問題の解決方法を示すことができることを望んでいます。多くの作家はこのような情熱から作品を書いたのです。彼らの習慣では、どの作品でも一つの社会的な問題を発見し、描きだし、それらを成功の基盤とするのです。以前はみんなこのように思っていました。これらの作品は比較的に伝統的な面を持っています。しかし、中国文学の伝統はもう一つ別の側面を持っています。つまり、李白のような非常にロマン的なものです。李白などの詩人は非常にロマン的で、自由で、個性的で、大胆です。このような伝統には李賀も入っています。この意味では文学の伝統は一つしかないのではなく、先に言った二つの段階はちょうど李白と杜甫の二つのタイプです。今の若い世代の作家は李白、李賀のタイプが多く、杜甫や屈原のタイプは少ないです。

質問：あなたはどうですか？

蘇童：私は両者の間にいます。朱文の世代（七〇年代世代）と比べて、私は個人以外の生活、現実、社会に注意をより払っています。しかし、私はこのようなものを私の創作の基礎にするのではありません。そうすることはよくないと思います。私の創作観の中で、先に言った二つの伝統は完全に分けることはできません。それははっきり分けられるものではありません。

【自分自身の創作について】

質問：小説の原稿はどのように仕上げますか？

蘇童：私は小説の言葉にずっととても注意してきました。以前、コンピューターを使わないとき、書きながら直し、書きながらページを破り、紙を多く使いました。きれいなのが好きなので、原稿の上では訂正しませんでした。書き間違ったときには、私の娘が使っている紙と同じ紙を使って、上から貼っていました。訂正するのは嫌いでした。私はきれいなのが好きで、小説の形式から原稿そのものまで、きれいにしたいのです。個人的な履歴書等は創作ではないので、創作以外はあまり気にしません。手紙を書くときも適当に書き、とても達筆です。私は今でも創作すること自体が好きで、創作は私にとって、とても魅力的です。

質問：それでは、創作の始まりから話していただけますか。まず、八〇年代後半に、「先鋒派」と呼ばれたことについてどう思いますか？

蘇童：実際、「先鋒派」と呼ばれる私、格非、余華は一九八七、八八年の同時期に一連の作品で有名になったので、人々は我々三人をひとまとめにしました。実際、なぜ「先鋒派」と呼ばれたかは、我々に現れている形式感が今までの作家達と異なるからだと思います。先鋒という言葉は形式感についてのものが多く、たぶん我々の作品は全く新しい感じを与えたからです。評論家が評論するときに、評論の専門用語が必要です。「先鋒派」と言っても、「新潮派」と言っても実質的には同じで、評論の便宜のためです。我々から見れば、これも偶然です。当時、恐らく我々三人は、皆創作が他の人と異なることを望んでいました。結果としては確かに少し他の人と違うようになりました。三人はいくつかの面で共通のところがあるので、人々は我々三人を一つの流派の代表としました。当時、我々三人は互いに全然知りませんでした。

質問：形式感について説明して下さい。

蘇童：馬原は我々の中で、一番、最初の人です。我々が言う形式感については、私が前にも言ったように、馬原はこの形式感を最初に持ち始めた人です。馬原は我々と比べ何年も先を行く作家で、創作を始めた時期も我々より何年も早い。彼は我々の世代の先駆です。とは言っても、馬原の作品は我々の作品、余華の作品と何の関連も持っていません。我々は彼の作品から影響を受けたのではなく、彼の影響は精神上と観念上では確かに影響を受けたと思います。

質問：あなたにとって、小説の形式とは何を意味しますか？

蘇童：いわゆる小説の形式とは、多くの内容を含んでいます。構造、言葉の形態、句法も含まれています。我々が以前見た小説は全て三人称で、ある人物は何らかの名前があり、「私」という語は、ごく稀にしか使われませんでした。

質問：魯迅の小説は？

蘇童：五四の時代はまた別です。あの頃は文学が発展する時期ですから。私が創作を始めた頃、ほとんど文学作品中の叙述の方法は陳腐なもので、腐りかけていました。例えば、以前の小説は農村を描き、人が歩くのを描くとき、三つの擬声語を使って、「タンタンタン、あぜ道から一人が歩いてきた」と書きました。このような叙述でした。それからこの人が顔が黒いと、「黒々としていた」と書きました。このような叙述は読むと、とても嫌な感じがします。小説、特に短編小説を書く場合、私は形式上の美しさを望みます。書き出しの言葉もそうです。書き出しの言葉は今まで全ての作品と違うようにしたい。これらは形式上では考慮しなければならない問題です。構造上の問題も多く含まれています。中国の以前の小説は構造にあまり注意を払いませんでした。士大夫の文学は小説がどのような問題を提示したのかという一点のみを見ます。これ以外の全ての問題を重視しません。このような小説の叙述は、どれを読んでも新聞の記事と全く同じです。これを小説と呼べません。私はこのような粗雑な小説を許せません。そこで私はいつも形式について考えてます。小説を書くのは文学作品であるため、全ての面を重んじなければなりません。この考えに基づいて、創作について、いつも形式、形式と言っています。

質問：それでは、この点について、格非、余華とも共通していますか。

蘇童：我々の時代は、みな人の本性、運命についての多くの問題に注目します。現実との衝突、人間の本性そのものに関する欠如感等について関心を持ちました。この種の関心は必ずしも成熟していません。小説からの結論もあまり成熟していないかもしれません。しかし、これはあまり重要なことではありません。評論家と読者に与えた五官上の刺激は、やはり形式感から来ていると思います。我々は叙述の言葉が以前の作家と全く違うと、私はずっと思っています。一九八七年、八八年の私の一連の作品は明らかに他と違いを求めるという考え方があります。しかし、後にはこのような考え方はなくなりました。

質問：どのように変化したのでしょうか。

蘇童：どのような形式でも使います。例えば我々の中国文学には伝統的な素描の手法があります。『妻妾成群―紅夢』のような作品は非常に伝統的な手法を使っています。私本人としては「前衛（先鋒）」に対してはあまり意識しなくなってきました。私は自分の作品が前衛的でもそうでなくてもどちらでもいいと思っていますし、あまり考えたことはありません。ただ、最初のあの時期、このような衝動がありました。一九八七年、八八年の時、私が接してきた当代文学の全ての言葉をひっくり返し、革命してみたいという衝動に駆られました。叙述を他の人と違わせる方法があれば、その方法を使うという考えがありました。しかし、そのような時期は長くなく、八九年以後はどのような形式でもいいと思うようになりました。ただ、特別で刺激的な叙述があれば、それを使いました。特に『1934年の逃亡』では、故意にあのような大変非連続的な叙述をしました。これは馬原とは全く違うものです。絵で例えるなら、馬原の叙述はとても、そう、線できちんと描いたような絵だと思います。それと比べて、私が用いた叙述は色を大胆に塗りたくっていくようなものです。馬原は線を引き、とても流暢で、小説の言葉にとても注意を払う。私はそれほど注意を払っていませんでした。私はあの時期の言葉、形式はとても乱暴で、どのような言葉も小説で使いました。

【新写実】

質問：あなたの作品で『妻妾成群―紅夢』以後は「新写実」派と呼ばれますが、そのことについてどう思いますか？

蘇童：新写実――私は写実ってものにはあまり興味がありません。私は私が「新写実」であることにずっと同意していません。「新古典派」と言われる方がずっといいですね。そう、その方がずっといい。写実――どこが写実か、と私は聞きたい。一つの共通の「現実」があって、みんながそれを描くことができるとは、私は思っていません。私は、このような考えにずっと反対してきました。それに「新写実」といういい方は、ある種の問題のある作品――我々中国文学の中、「見本」と呼ばれて問題のある一連の作品――を連想させます。これらの小説はほんとうに頭が痛い小説です。

質問：『妻妾成群―紅夢』は？

蘇童：どこが写実的でしょうか。全く違うと思っています。それは私が経験した現実でもないし、今の時代の現実でもない。評論家たちは、人物が一九二、三〇年代の中国にいる人々の描写であると考えているが、そうではありません。それは全く経験したことのないことで、適当に作り上げた一つの現実に過ぎない。現実を描写したとは全く言えません。

質問：この小説は、フェミニズムから女性を害したと文句が出ることがありますね？

蘇童：これも奇妙な考え方です。女性の威厳を損ねたと一部の人に言われましたが、私は、女性の威厳を損ねたと思っていません。伝統小説中の女性は少しおかしな感じです。魯迅は例外ですが、多くの人はすべて女性をめそめそとして、苦労をするものとして書き、そして彼女らの美徳を描きます。宣伝のためかどうかにかかわらず、女性を書くとそうなります。沈従文のような小説でも、苦労する女性が書かれ、純情と素朴さ、そして苦難のなかの快楽が付け加えられました。女性を男性のように扱い、彼女の人間としての色々な内容、人との関係を観察し、それらを工夫して描こうとする人はとても少ないです。

質問：しかし、あなたの小説の女性は、「豊満」な女性が多いように感じますが…。

蘇童：私は子どもの頃あまり（豊満な女性を）好きではありませんでした。私自身、個人的にもあまり好きではないです。このように書くのは文学的だと感じます。（このような女性は）私に圧迫感や粗雑な感じを与えます。子供の目から見れば、このようなタイプはあまり好きではない。女性的ではないと感じます。子供はすらっとした女性が好きです。しかし豊満な女性は文学作品においては一貫して文学的で、比較的に書きやすいです。すらっとした女性は書きにくいです。（小説中の）多くのものは嘘で、文学化されたものであり、実際はそうでない可能性があります。

質問：それでは、小説における現実とはどのようなものとお考えでしょうか。

蘇童：小説中の現実は、時々私達の生活の現実とは違うものであると思っています。同じ次元のものではないと思っています。そこで、一つの例を挙げると、カフカの『変身』は現実ではないとは言えません。これはカフカの目に映った現実です。私はみんなが新聞のような書き方をするのをずっとあまり賛成してきませんでした。中国の多くの人にはこんな奇妙な考えがあります。工場の生活を書いたり、農村の生活を書いたりしたら、これは現実を描写したと彼らは思っています。もしこれらを書かなければ、彼らは現実を書いていないと考えます。私は新聞記事みたいな書き方を求めて、それこそが現実であると思ってます。これはおかしな事です。彼らは文学における現実とは全く違うものであり、文学における現実は変形、誇張、縮小を経たもので、生活における現実とは違います。もちろん、我々が普通に理解している現実とも違います。それは作家個人の現実です。それは作家の目に映った一種の現実であり、たまにこの現実は不真実である時もあります。

格非訪問録

二〇〇五年八月　清華大学にて　質問者　森岡優紀　劉燕子

【研究と創作について】

質問：あなたは研究者でもありますが、小説を書くのと衝突することはないでしょうか。

格非：多くの人は理論的思考と小説を書く思考とは違うと言いますが、この衝突は調整できます。ただ、最も大きな問題は一人の人にそんなにも多くのエネルギーがないということです。それでも私は調整したいと思っています。方法上の問題でいうと、文学研究、学術研究は実際には対話なのです。つまり私と違う人との対話なのです。小説を書くのも対話です。ただ自分との。もしくは自分が想像した読者との。

質問：想像した読者とはどのような読者でしょうか。

格非：想像した読者……、これは作品自体を決定する要素になります。もしあなたが一般大衆の読者を想像して創作するならば、きっと金庸（注：武俠小説の作家）のような作家となってしまうでしょう。私が想像する読者は私とほとんど同じような人間で、私を理解できなければなりません。このような人は多くないですが、きっといます。

質問：それは知識人のことでしょうか。

格非：私はこの言葉は好きではありませんが、私は一般の民衆に向けて創作することはできません。それは私の書いたものを理解することができないと思うからです。

質問：あなたの作品は知識人の創作とみなすことになるのでしょうか。

格非：そうですね…、よりいい作家は全ての人を包括できると思っていますが、私の能力ではできないのです。私は全ての人に私の作品を好きになってもらう手立てをもっていません。それなら、むしろまず一部の人に先に読んでもらったほうがいいのです。勿論、私は知識人を犠牲にできますが、つまり小説を簡単に書くということですが、それならば書かないほうがましです。

質問：それでは、もう少しご研究について。博士論文のテーマを教えていただけますか。

格非：廃名です。

質問：どうして彼を選んだのでしょうか。彼は非常にいい作家だと思って、選ばれたのでしょうか。

格非：特別にいいとは言えませんが、彼は中国現代小説のなかで研究がされていない作家なのです。彼の書き方はとても奇妙で、つまり基本的には誰もよく理解できないのです。

質問：廃名を好きですか。

格非：ええ。私はかなり以前、大学在学中に、彼の有名な小説『橋』を読みました。私は非常に好きになりました。彼は中国の南方のことを書いており、実際は中国文化の影響も深く受けています。それに明代以来の理学、また仏教の影響も深く受けています。私は彼の小説を全面的に分析したいと思いました。

【作品発表当時の小説形式における過激さについて】

質問：どうして当時はあのような過激な形式をとったのでしょうか。

格非：あの時、私たちはまだ幼かったのです。最も重要な原因は、言葉上で人の想像を解放したいと思っていたのを覚えています。当時の中国文学で、王安憶などの最も優秀な作家を含め、もう少し早い時期には劉心武などがいましたが、一九七九年以後に中国には大きな変化があり、一九八〇年代からより明白になっていくのです。この変化は文革、つまり過去の時代への反動でした。それにつれて、文学も大きく変化しました。しかし、余華なども同じ考えをもっていましたが、当時、外部の思想は変化しても内在的なものは変わっていないという感じを持っていました。

質問：もう少し詳しく説明をして下さい。

格非：この「思想」というものは頼りないものです。今日はこの思想、明日はあの思想。新しい思想に自分を適合させる事は何の意味もありません。大切なのは表現方式を変えることです。内容が変わったと感じるときには、形式も変わっているのです。そこで、私は当時の作品に満足ではありませんでした。

質問：どのようなところが満足しなかったのでしょうか。

格非：思想の上では既に全く違ったものになっていましたが、彼らの言葉は政治性をまだ有していました。人が何を言っているのかで判断するのは好きではありません。口から出たものは信頼に値しないからです。重要なのは、文章全体が何を私に語るかであり、それでこそ変化を感じるのです。

当時、私たちは比較的過激でした。完全に形式を変えて、彼らとはっきりと線を引き、新しい形式を持つのだ、言語上のこの種の変革はあるときに至ると必ず変化する必要がある、そうしないと、私たちの想像力は、正統と反動、左と右、自由と保守といった二極化のなかを永遠に彷徨い続ける、これは悲しいことで、なるべくそれを打破するべきだと思いました。

【一九九〇年代以後の小説の実験性の弱まりについて】

質問：一九九〇年代から小説の実験性が弱まったと思いますが、何が原因だと思いますか。

格非：きっとさまざまな原因があるように思います。ただ、個人的に言うと、最も重要な原因は…。まず私たちがモダニズム（現代主義）から文学を始めたことと深く関係しているように思えます。西洋のモダニズムの影響は大きく、今では多くの人が百年以来のモダニズム運動に対して反省を加え始めています。このモダニズム運動について自分で考えてみるとき、当時、私がなぜこのモダニズムを選択したのかという問題に考えが至ります。現在、この問題は多くのモダニズムの要素が減少、もしくは消滅してきていることと関係があると考えています。

質問：当時、どうしてモダニズムの方法を取ったのでしょうか。

格非：当時…、今になって考えてみると、モダニズムは一種の新しい社会批判の方法、一種の批判の制度を提供していると考えたのだと思います。モダニズムは日常生活を描こうとしていませんでした。完全に日常生活に密着して、主流の生活や生き方へとは堕落していませんでした。当初からモダニズムは強烈に社会批判の立場をとっており、私は個人的にこの立場を好みました。自分と他の人と区別ができる、大部分の生活と区別ができると感じました。個人的にはこれが最も大きな内在的な理由です。

質問：九〇年代に入ってからはどうでしょうか。

格非：九〇年代以後、私たちが対面している最も大きな問題は、やはりグローバリズムという背景のもとで、市場、技術、科学がこの世界を支配し、その支配がますます深刻になっているということです。このようななかで、モダニズムは果たして有効な批判の形式をもつことができるのか。西洋でも、多くの作家が疑いを抱いていることを知っています。

質問：その問題についてもっと具体的に説明して下さいませんか。

格非：例えば、もともとモダニズムを書いていた作家も…、西洋には多くの理論がありますが、そのなかにこの世界を完全に拒絶し、批判するだけで事が足りるのだろうかという疑問があります。実際、市場の論理、技術の論理は既にさまざまな領域まで侵入してきています。これは絵画におけるモダニズムではっきりと見られます。モダニズムには二つの運命が待ち受けていると思うのです。一つは、それは既に流行のものとなる、つまり実験的で、モダンであるものが金銭、市場の機構を通して融合し、吸収されてしまう。これは小説でも同じです。例えば、私たちが以前に非常にわかりづらいと思った作家、イタリアのカレーノも多くの読者をもっています。カフカのような作家も同じです。もう一つは市場に全く認められず、完全に影響がなく、振り向きもされない。この二つの原因がモダニズムを衰退に導いた原因だと思っています。

質問：他に原因はありますか。

格非：ええ、もっと重要な原因があると思います。方法そのものにも問題があったのです。後になって、この問題を考えたとき、より多くの点を思いつきました。さっきも話しましたが、私がモダニズムという方法を採ったのは現代の生活と距離を保ち、私の生活と区別するところにありました。しかし、グローバリズム下のアメリカ文化のもとで、この文化の影響を受けているのはどこの国でも変わりないと思いますが、ヨーロッパの作家も同様に苦悩していました。その苦悩とは、皆これに対して抵抗する手だてがないということです。しかし、私たちはモダニズム以外にも多くの材料を持っていると今では考えています。

質問：それでは、モダニズムは既に行き詰ったとお考えでしょうか。

格非：いえいえ、モダニズムは依然として有効です。まだ使えます。多くの人がモダニズムは過去のものになり、無用になったということには賛成しません。一つの文学現象の発生は突然に消えるものでも、また突然に現れるものでもないのであり、それが現れるにはそれなりの理由があるのです。私たちはモダニズムから出発しましたが、完全にその思考方式のなかにいなくてはいけないことはないと思っているということなのです。方法としてはまだ有効で、いいものを提供できます。

質問：それでは、どうして他の方法をとろうと考えたのでしょうか。

格非：T・S・エリオットの名言を引用していいでしょうか。全ての出発の目的は実際には自分自身に帰ることにあり、新たに自分自身を確認し、自分自身を他の人と区別することにある。このような出発（訳者注：モダニズム）のため、私は比較的遠くに来てしまいました。再び自分自身にもどり、自分の歴史と伝統にもどり、この伝統と現実を関係付ける必要があります。当時、モダニズムの方法をとったのはそれが拒絶の方法だったからです。この方法は比較的簡単で、フランクフルト学派が言うように、つまり私は君と協力さえしなければそれでいい、です。モダニズムは全く新しい方法を用いて、読者を全くかまわず、自分を表現しました。しかし、今の社会のなかでは、このような方法に果たして力があるのかどうか、個人的には疑問です。

質問：残雪などのモダニズムとあなた方とはどのような差があると思っていますか。

格非：残雪たちは私たちよりもずっと過激だと思います。彼女は今まで変化がありません。最近、パリで会ったときに、彼女は私の見方は間違っている、妥協してはいけないと言いました。そこで、私は妥協じゃないと言いました。彼女の一つの考えは、彼女は西洋についていくということです。私は中国、東洋についていきます。これが根本的な違いです。彼女はカフカのような方法で一生書き続けることができると言いますが、私は一生書き続けるのは無理で、変化しなくてはならないと思っています。これは余華、蘇童を代表して言っているのではなく、彼らは彼らで自分の考えを持っているでしょう。

【伝統的な方法について】

質問：先ほどモダニズム以外の方法と述べていましたが、そのことについてもう少し詳しくお話下さい。

格非：例えば、私は違った角度から中国の伝統について新たに認識をはじめました。なぜなら、中国の伝統はもともとこの系統に属していないからです。中国の近代化運動のなかで、中国のモダニズムが発生する過程のなかで、まさに我々の伝統を軽視して西洋の近代性を受容してきました。しかし、中国社会がこんなにも変化してしまうと、現在新たに中国の伝統を確認せねばならず、特に小説の叙述の点においてそれを復活させたなら、それは抵抗とみなすことも可能でしょう。中国の伝統の最もいいところは、モダニズムの抵抗の一面性を回避することができるところです。中国文学の理想は詩経からはじまって、その全体性にあり、一面的なものではありません。これは私に多くの材料を与えます。ここ十年間、私はあまり多くのものを書きませんでしたが、この問題についてずっと考えてきました。私は中国の伝統に対してふたたび確認すること、インドの仏教、日本、アジア地域を含めて再び自分に帰ること、もしくは確認すること。これはある言語の方法を提供し、有効だと信じています。

質問：モダニズムと伝統的小説との関係について説明して下さい。

格非：中国近代小説の発生は、多くの中国の学者は西洋の影響を受けたと思っていますが、私は個人的にはあまり賛成ではありません。勿論、この影響は大きいですが、最も重要なことではないのです。現代の作家のなかで最もいい作家、魯迅、沈従文なども含めて、中国の小説に対する新たな発見の過程が重要なのです。もちろん、モダニズムの影響を受けましたが、沈従文は唐代の伝奇に対して研究をするようになって、小説にも大きな影響を受け、そこで近代小説の叙述形式が変化しました。そこで西洋の影響ばかりをみるのではなく、この影響のもとにどのようにして伝統と再び繋ぎ合わせたかをみるのが、前者よりもより重要なのです。

【思想の影響について】

質問：陳暁明などのポストモダニズムの影響を受けたと思うでしょうか。他にも、文芸理論の影響を受けたと感じることはあるでしょうか。

格非：私は理論に関して大変興味があります。当時は確かにある言語学理論などを読んだことがあります。それに、陳暁明などの重複、空欽などはデリダなどのポストモダニズムからきたものです。確かにポストモダニズム以降、ある変化がもたらされたと思います。しかし、私個人からみると、これはそれほど重要ではありません。重要なのは、私たちがなぜ空欽や『青黄』などの作品を書いたかということです。やはりこれは運命に対する思考からであり、彼らはただ外在的な原因を指摘しただけで、根本的な原因を分析していません。彼は方法の上で、私の小説にポストモダニズムの影響を見出したのでしょう。しかし、これは重要ではありません。

質問：それでは、どのような思想家があなたに影響を与えたと言えるのでしょうか。

格非：私が一番好きな学者はドイツの学者達、またはデンマークのキルケゴールです。このキルケゴールは非常に多くの作家に影響を与えました。私は早くから彼の哲学の影響を受けていますが、彼はこのように言っています。全ての大衆が重要とするものは私にとっては重要でなく、私から見ると皆が重要としないものこそが生命と関係がある。彼が近代哲学へ与えた啓発はとても深いものです。カフカは彼を対話者とみなしました。これは私の当時の主題と非常に関係があります。私たちが重要視したのは、社会がまさに放棄した問題でした。これが一つです。

質問：他には？

格非：もう一つは運命自体についてです。誰でも自分の運命があり、それを克服するすべはないということです。キルケゴールもこの問題について話しています。人類がだんだんと発展していくと、理性、道徳、科学、技術が必要となる。しかし私たちの最大の悲劇は、人は必ず死んでしまうということを忘れていることなのです。時間は超越できません。哲学はこの問題について答えるべきだと思っています。運命は人が摑めないものです。それがわからないのであれば、やはり人は失敗者です。もし生命の意義について考えるなら、運命についても考えなければなりません。それは作家も同じです。カフカの小説のなかには非常に深刻な問題が描かれています。彼の小説は官僚社会を批判したのではなく、生命の悲劇の感覚を表現したのです。この生命の悲劇感は、神と現実の隙間にあり、そこから非常に大きな思想的な啓発を受けました。

【小説のテーマについて】

質問：さきほど、農民の出身だとおっしゃいましたが、農村を描くことについてどのような考えをお持ちですか。

格非：これは複雑な問題です。ただ、ある作家の考えが比較的近いと思います。トルストイの農民に対する考え方は非常によく理解できます。彼は一方で農民に関心を持ちながら、他方では根本的に越えられない溝があると感じていました。私にもこのような感覚があります。

質問：これとあなたの小説にでてくる故郷、もしくは農村へ町から「外来者」がやってくるという視点の取り方と関係ありますか。

格非：魯迅の『故郷』も「外来者」です。彼は町で官僚となり、現地の人からみれば役人となった人が紹興に帰った人なのです。これも中国近代文学の伝統で、多くの人はこのように創作しています。

質問：あなたはどうしてそのような方法をとったのですか。

格非：外へでた人が故郷に帰るとき、きっと多くの感慨が浮かんでくるでしょう。それに、実際に私が創作する役柄からすると、私は農民にはなれません。私は農民のふりをして生活をして創作することはできません。私が書いたものも農民ではありません。

質問：しかし、あなたの父母は農民なのではありませんか。

格非：私は十六歳で農村を離れ、基本的にはほとんど帰ってないのです。それは、私が農村に関心を寄せるのに障害にはなりません。しかし、私の農村への関心はきっと外来者を通したものとなるでしょう。私がふたたび故郷に帰り、それからどのような考え方を持ちうるかが重要なのです。農村に生活している人なら農民の真実を反映することができるかもしれません。

質問：それでは、魯迅の『故郷』のような農村を描いた小説についてはどう思いますか。

格非：私は個人的に魯迅のような作家は、ほんの少しも農民を理解していないと思っています。彼は知識人です。『故郷』のような作品に書かれた農民、例えば閏土のような、彼らは虚偽の農民であり、本当の農民ではありません。彼はあまり農民の心理を理解していないようです。私は授業をしていますが、その一番初めの授業はこの『故郷』について講義します。魯迅はどうしてこれらの人々を書いたのか、このことについてです。

質問：あなたも清華大学のキャンパスにいて、これらの下層の人に対する理解が足りないとは思うことがありますか。

格非：私は清華大学のとてもいいマンションに住んでいますが、窓を開けると民工（訳者注：出稼ぎの労働者）が見えます。彼らは道に住んでおり、自分の家がありません。夏になると、蚊が咬みます。私の妻は家に一匹でも蚊がいると眠れなくて、たたき殺さなければ寝られません。そこで、私は妻に言うんです。外の民工を見て御覧なさいよ、って。でも、すぐにそんなことは忘れてしまいます。中国社会の改革はもうすごくよくなっていて…、確かにこの窓の外にいる人々は私に衝撃を与えます。

質問：中国では多くの作家が依然として下層の人のところへ行って、理解しようとしていますが…。

格非：しかし、私はこの種の作家はある意味でいえば間違っていると思うのです。彼らは自分を民工に変えることはできませんし、知識人の癖をもってこれらの人に近づくのですが、何の助けも提供しません。私が言いたいのは、大学の教員と民工は本質的には変わりないと言うことです。経済状況が少しいいという違いがあるだけです。彼らも苦しんでいますし、私たちも苦しんでいます。しかし小説の材料という点からすると、私は下層の人のために叫ぶ作家にはなりたくないのです。私は自分が他にもっとしなければならない重要な任務があると思っています。

余華訪問録

二〇〇五年春　北京にて　質問者：森岡優紀

【創作について】

質問：経歴についてご紹介下さい。

余華：私は海塩にて二十七年間生活をしており、小説は私が海塩にいた時から書き始めたのです。一九八三年の時に小説を書き始めたので、もう二十三年になります。私は歯医者をしていましたが、作家になろうと思っていました。わたしはその仕事が嫌いだったからです。それから私は（作品を）発表して、仕事を変えました。そうじゃなかったら、私はまだ歯医者をしていました。それから私の妻が北京で仕事をしましたから、私も北京に来ました。

質問：あなたの著作を書いた経歴や作品の風格の変化などについて、お聞かせ下さいますか。

余華：あるタイプの小説は、当時中国において、文化大革命が終わったばかりで、思想全体がとても保守的だったのです。その時に私に影響を与えたのは川端康成でした。私は彼が好きです。それから私の初期の小説は、川端康成に習ったものです。もちろん、川端康成ほどよくありません。これが始めの段階でした。しかし、大体一九八三年から一九八六年に多くを学んでから、その時、川端康成によって私の創作が縛られているように感じました。私は川端康成は好きですが、その時、私はカフカの小説から得るものが多く、突然、思想が解放されて小説を書くのは本当に自由なことだと感じたのです。それから、『十八歳の旅立ち』を書き始め、先鋒派の小説はこんな風に書き始めました。

質問：あなたが前衛的な小説を書いた時に、馬原の創作があなたの創作に影響を与えましたか。

余華：私はとても小さい町に住んで歯医者をしていたことは、さきほど申し上げました。つまり、私は地方で著作をしていたので、私は中国文学全体がどのように発展しているのかについてあまりよく理解してなかったのです。馬原の小説を読み始めたのは一九八八年です。その時は既に『世事は煙の如し』『現実の一種』などの私の前衛的な小説を書き終わった頃で、その時に私は彼の小説を読み始めたのです。私が一九八七年一月に発表した『十八歳の旅立ち』の頃に、一九八六年半ばから馬原は人々の注意を引き始めました。馬原の比較的重要な小説は一九八六年六月から七月以後に発表したのであって、私の発表ととても近いのです。半年でどうして影響を受けることがあるでしょうか。評論家たちはあまりにも簡単に線引きをします。私、格非、蘇童（の創作）は一九八七年から始まったのです。そこで私には影響が大きいとは言えません。線はそんなに簡単には引けません。馬原、莫言、残雪は我々と同時期と言えます。莫言は最も早く八五年に注意を引きました。実際、莫言の小説は比較的早く読みました。『透明な赤い人参（透明的紅萝卜）』、『紅い高粱（紅高粱）』は一八八五、八六年には既に読んでいました。当時はとても好きでした。馬原を読んだのはとても遅かったので、彼の影響はあるとは言えません。

質問：それでは、何から影響を受けましたか。

余華：当時、我々のこれら世代の作家は、西洋のモダニズムの影響を受けています。ただ、ある作家は何年か早く自分の作品を発表をし、ある者は一年遅く、ある者はより遅く、五、六年遅くに作品を発表しました。八〇年代の初め頃は私は主に一九世紀の外国文学を買いました。一九八六年になってからカフカを読み、それから二〇世紀の文学に注意を向け始めました。

質問：「先鋒派」と呼ばれることについてどう思いますか。

余華：それぞれの作家はその創作において自分の感受性、自分の経歴、自分の思考方法から出発しているのです。私たちが小説を書き始めたばかりの頃、八〇年代の時ですが、叙述形式が比較的似ていたのでしょう。小説の形式も似ていたかもしれません。そこで「先鋒派」とは所謂評論家たちがこんな風にまとめたのであり、これはこれらの作家からすると、初めから（それぞれの小説は）異なっており、それ以後も異なっているのは当然のことです。

【九〇年代以降の小説について】

質問：九〇年代になると、長編小説を書くようになりますが、どうしてでしょうか。

余華：九〇年代になると、長編小説を書きたくなりました。それはまた以前とは違うものでした。主な原因は、私が中短編小説を書くとき、人物が自分の声を持つのが聞き取れず、長編小説を書くようになってからやっと人物が自分の声を持ち始めたのです。つまり、それぞれの人物は虚構の作品のなかで彼自身の人生の道を持っています。このように作品を作りましたので、以前の前衛的な小説とは異なってきました。しかし、後に私が振り返ってみると、やはり川端康成に感謝しています。なぜなら、川端康成の小説で一番人を引き付けるところは、細かい部分に対する描写であり、このような細かい部分の描写こそが、私が小説を書き始めた当時に川端康成から学んだものだからです。そこで私は細かい部分の描写がよく書けます。これはとても重要なことです。細かい部分を上手く書けない小説家はいい小説を書けないからです。後に私がとても大きな小説を書いたとしても、私は依然として細かい部分の描写にとても注意を払います。そこで彼は私にとてもよい基礎を提供したのです。

質問：短編小説と長編小説はどこが異なりますか。

余華：私は既に四篇の長編小説を書きました。私が長編小説の構想するたびに、半分まで書いて、構想を変えました。私がもともと考えていたものがそのままに完成したものはありませんが、短編小説はだいたい自分の構想に従って書き上げます。

質問：具体的な説明をお願いします。

余華：『煙雨のなかで叫ぶ（在細雨中呼喊）』の後半部分は、書き終わってから全部新しく書き直しました。そこで当時は前半部分だけを残し、残りの後半部分は私が初めから全部直したものです。私は書いてあまりよくないと、ほとんど残しません。あの長編小説は直したところが一番多いです。著作全体の点から大きな変化がありました。『活きる』より後になると比較的順調でした。『煙雨のなかで叫ぶ』は初めて書いた長編小説だからです。私がこの小説を書いたとき、長編小説の構想は変化するものだと悟りました。

質問：『煙雨のなかで叫ぶ』は自分自身の経歴と関係がありますか。

余華：この小説は私自身の成長の過程のように見えます。しかし私はこの小説のなかには『活きる』や『血を売る男』などの小説のなかよりも、多くの個人的なものが入っているとは思いません。なぜなら『活きる』『血を売る男』のなかに描いたのは私ではないのですが、私の自分の感覚が彼らと似ていると思うからです。そこで時々私は自分自身の感覚を、私と似た人物の身の上に置いたと感じ、あるときは私の感覚は私と違う人物の身の上に入れたと感じます。人物の年齢と作者が比較的近いかと遠いかということとは関係なく、私は私自身のことがなかには入っていると思います。

【『兄弟』について】

質問：それでは、あなたが最近書いた『兄弟』を紹介していただけますか。

余華：この小説は書き始めた時には、短い小説として書こうと思っていました。最後に私があんなに長い小説を書くとは思ってもみませんでした。私が書く過程でどのような小説を書きたいかを発見したと言わなければならないでしょう。私は当時「上巻」ではとても短い文化大革命の話を書き、「下巻」ではとても短い現在の話を書きたいと思っていました。しかし私は文化大革命の時代に対しても、現在の時代に対しても、とても強烈な感覚を持っています。あまりに書きたいことが多くて、そこであんなにも本が厚くなったのです。「下巻」には風刺の意味を比較的強く入れました。李光頭（注：『兄弟』の登場人物の名前）も風刺の意味があります。しかし風刺の方法で書いたとしたら、人物形象はどれもあまりよくなりません。ただ確かに今の中国で李光頭のような人は多いのです。このような人物は非常に成功しています。しかし、成功する者がいれば、必ず失敗する者もいるのです。そのためまた宋鋼（登場人物の名前）のような人も多いのです。彼らは過去には同じような人物でしたが、社会に変化が発生した後に、彼らの運命にも変化が起こり、彼らの内面にも変化が起こりました。私はあまりにも多くこういう人を見てきました。私の二人の同窓生が自殺しました。失業して仕事がなく、生きていけなくなったのです。中国の現代社会の変化はあまりにも大きく、過去の人のなかで、ある者はより富かになり、ある者はより貧乏になりました。それはちょうど『兄弟』のなかで描かれているようにです。

質問：あなたがものを書くとき、読者について考えますか。

余華：中国の読者はあまりにも多く、私も把握しきれません。それぞれの人の考えは違うし、それぞれの人が好きなものも違います。だから私は私が自分自身で満足できるものを描こうと思うだけで、読者がどうかということは知りえません。

質問：小説を書き終わったら、誰かに見せるということはありますか。

余華：私の妻に見せると、彼女はよくわかってくれます。私の妻は私に意見を言い、私はそれから直します。彼女は詩を書いています。彼女の意見はとても重要です。ある意見は構成上の意見であったり、あるものは言葉についての意見だったりします。私はあまりに早く書き上げるので、少しぼんやりとしてしまって、誰かに見せる必要があるのです。私たちは一九九二年に結婚しました。私が長編小説を書いて以後です。私は彼女と結婚する前に、彼女と知り合う前のことですが、私は一編の小説を書き終わると、三ヶ月置いておきました。三ヶ月以後に改めて読み直すと多くの悪いところが見つかるのです。描いている途中では何も問題を発見することができないからです。しかし彼女がいてくれるようになってから、私はすばやく直すことができるようになりました。ある小説で全く悪いところがないというわけにはいきません。どんなに直したとしても悪いところはあるものです。そして直している過程においても新たな間違いを発見するものです。そこで彼女の意見は同じ文学の立場から来る意見なので、非常に重要です。

【外国での余華の反響】

質問：あなたの小説が外国語に翻訳されたものは多いと聞きいています。

余華：二十種類ぐらいの言葉に訳されていると思います。ある国はとても反響があり、ある国では普通、ある国はまぁまぁといった感じです。韓国がとても反響がありましたね。『血を売る男』は韓国で既に二十万部売れました。あんなに小さな国なのに。アメリカは普通です。一万部ぐらいです。日本はよくありません。八千でした。やはり韓国は中国が好きなんでしょうね。『兄弟』の上巻は既に韓国では翻訳が終わりましたが、下はまだです。上巻と下巻が翻訳し終わってから一緒に出版されます。

質問：外国の人があなたの小説を読むと印象が違うと思いますか。

余華：私はそれほど差があるとは思いません。文学作品を見るとき、国はさほど重要ではありません。私は川端康成を読みますが、私はとてもよくわかります。今の中国人がカフカを理解するのと同じです。中国人が川端康成を読むのと、日本人が川端康成をよむのとではやはり違いはあるでしょうが、反対に考えてみて下さい。二人の中国人が川端康成を読むのも違い、また二人の日本人が読むのも違います。これは正常なことです。

質問：そうですね。確かあなたは海外に滞在なさったことがあると聞きましたが・・・。

余華：私はアメリカに七ヶ月いました。わたしはアメリカの三十箇所の大学で講演をして、それからわたしは妻と息子をつれて旅行しました。ほぼアメリカを一周しました。一つの土地に二、三日間しか居ませんでした。私が講演をしている時、私は三十分しか講演できず、あと三十分は翻訳でした。わたしがアメリカに行ってから、アメリカの中国研究者はわたしがアメリカに行ったと知ると、この機会を利用して講演をするように招きました。また、ヨーロッパの大学でも講演をしたことがあります。今はインターネットがありますから、彼らがわたしがベルリンに行ったのを見ると、私に招待のメールをくれます。わたしは他にも四つの国の大学で講演しました。三日か四日おきに国を変えました。

質問：それでは、日本にもまた来てくださいね。最後に日本の読者に一言お願いします。

余華：八〇年代は中国の読者は日本文学にとても関心がありました。しかしこの頃はあまりありません。わたしは中国の読者がもっと日本の作家に関心を持ってほしいし、また日本の読者も魯迅以外にも中国の作家に関心をもってほしいと思います。

主要参考文献

格非『格非文集（一〜三巻）』江蘇文芸出版社、一九九六年一月
格非『格非散文』浙江文芸出版社、二〇〇一年九月
格非「格非伝略」『当代作家評論』二〇〇五年第四期
蘇童『蘇童文集（一巻〜八巻）』江蘇文芸出版社、一九九三年九月〜二〇〇〇年五月
蘇童『蘇童散文』浙江文芸出版社、二〇〇〇年一〇月
汪政、何平編『蘇童研究資料』天津人民出版社、二〇〇七年七月
余華『余華作品集（一巻〜三巻）』中国社会科学出版社、一九九五年三月
呉義勤編『余華研究資料』山東文芸出版社、二〇〇六年五月
陳暁明『無辺的挑戦——中国先鋒文学的後現代性』時代文芸出版社、一九九三年五月
陳暁明『解構的踪迹——話語、歴史與主体』中国社会科学出版社、一九九四年九月

日本における格非・蘇童・余華の主要な翻訳

格非

関根謙訳「ある出会い」『季刊中国現代小説』38号
関根謙訳「ブランコ」『季刊中国現代小説』51号
桑島道夫訳「迷い舟」『文学界』一九九六年一月号
青野繁治編注『迷舟』東方書店、一九九九年
関根謙訳「愚か者の詩」「オルガン」「夜郎にて」「時間を渡る鳥たち」『時間を渡る鳥たち』、新潮社、一九九七年

蘇童

井口晃訳「ユイ（楡）、走る」『季刊中国現代小説』17号
千野拓政訳「妻妾成群―紅夢―」『季刊中国現代小説』20号
堀内利恵訳「西窓」『季刊中国現代小説』37号
竹内良雄訳「ハートのクィーン」『季刊中国現代小説』39号
堀内利恵訳「悲しみのステップ」『季刊中国現代小説』41号

竹内良雄訳「伝えてくれ、ツルに乗って行ったと」『季刊中国現代小説』45号
竹内良雄訳「貨車」『季刊中国現代小説』51号
飯塚容訳「火傷」『季刊中国現代小説』54号
趙暉訳「人民の魚」『季刊中国現代小説』66号
古川裕訳『離婚指南』東方書店、一九九七年
飯塚容訳『碧奴：涙の女』角川書店、二〇〇八年
蘇童翻訳研究会訳『飛べない龍』文芸社、二〇〇七年
飯塚容訳『河・岸』白水社、二〇一二年
竹内良雄、堀内利恵訳「クワイ」「垂楊柳にて」「刺青時代」「女性行路」「もう一つの女性行路」「紅おしろい」「離婚指南」『コレクション中国同時代小説４　離婚指南』勉誠出版社、二〇一二年

余華

飯塚容訳「十八歳の旅立ち」『季刊中国現代小説』15号
飯塚容訳「四月三日の事件」『季刊中国現代小説』17号
飯塚容訳「世事は煙の如し」『季刊中国現代小説』26・27号
飯塚容訳「名前のない男」『季刊中国現代小説』35号
鷲巣益美訳「朋友」『季刊中国現代小説』68号

大河内康憲訳『活着』東方書店、一九九七年
飯塚容訳『活きる』角川書店、一九九二年
泉京鹿訳『兄弟（上）』文芸春秋、二〇〇八年
泉京鹿訳『兄弟（下）』文芸春秋、二〇〇八年
飯塚容訳『ほんとうの中国の話をしよう』河出書房新社、二〇一二年
飯塚容訳『血を売る男』河出書房新社、二〇一三年
飯塚容訳『死者たちの七日間』河出書房新社、二〇一四年

謝辞

本書が日本において格非、蘇童、余華に対する関心を呼びおこす一助となることを願っており、また本書を書くにあたり、多くの方にお世話になりましたことを感謝申し上げます。

清華大学東アジア文化講座、以文会、ワークショップなどでお世話になりました王中忱先生、陳力衛先生、林少陽先生、劉暁峰先生、秦嵐先生、董炳月先生、趙京華先生、劉燕子先生。京都大学人文科学研究所の研究班、三十年代研究会等にてお世話になりました以下の方々にも感謝申し上げます。芦田肇先生、石川禎浩先生、岩井茂樹先生、王寺賢太先生、尾崎文昭先生、小野容照先生、貴志俊彦先生、近藤龍哉先生、佐治俊彦先生、故丸山昇先生、森時彦先生、森紀子先生、若松大祐先生。現在お世話になっております京都大学の山室信一先生、東京大学の代田智明先生、ワシントン大学の Davinder Bhowmik 先生。最後に、論文のご指導をいただきました神戸大学名誉教授の山田敬三先生、京都大学の江田憲治先生、小倉紀蔵先生、小島泰雄先生に深く感謝申し上げます。

本書を書くに当たっては、論文を掲載していただいた当代文学研究会、中国文芸研究会、藍 BLUE 文学会に感謝を申し上げるとともに、格非、蘇童、余華の翻訳書、『季刊中国現代小説』に掲載された翻訳も参照とさせていただきましたことを深く感謝申し上げます。
また、本書のインタビューを受けて下さいました作家の格非、蘇童、余華にも深く感謝申し上げます。

二〇一六年六月　森岡優紀

初出一覧

本書は次の論文をもとにして大幅に修正し、また格非と余華に関する章は書き加えた。

「蘇童の小説における詩的構造」、『現代中国』七三号、一九九九年
「蘇童の小説における叙述の二重構造」、『野草』六六号、二〇〇一年
「『一朶雲』から『胡蝶與棋』へ：蘇童の小説における人物の自意識の考察」、『野草』六八号、二〇〇二年
「『先鋒派』における『文革』：蘇童の小説から」、『現代中国』七六号、二〇〇二年
「蘇童の中篇小説『井中男孩』について」、『日本中国当代文学研究会会報』一八号、二〇〇四年
「蘇童の小説における『感覚』と叙述手法：『光』と『闇』を通して」、『未名』一七号、一九九九年
「蘇童の小説における『視点』と『視線』」、『研究誌 季刊中国』五九号、一九九九年
「陳暁明の『無辺的挑戦』における『歴史』：『重複』と『空缺』から」、『研究誌　季刊中国』六八号、二〇〇二年
「格非の『戒指花』：初期の実験的作品との関連について」、『藍』第一五・一六期、二〇〇四年
「ポストモダニズム評論と『先鋒派』の文学史的位置づけ：陳暁明を中心にして」『南腔北調論集：山田敬三先生古稀記念論集』、東方書店、二〇〇七年

著者略歴

森岡優紀（Morioka Yuki）

神戸大学大学院文化学研究科満期退学、博士（学術）取得。京都大学大学院人間・環境学研究科満期退学、博士（人間・環境学）取得。現在は、京都大学人文学研究所・学術振興会RPD。専門は中国近代文学、東アジア文化研究。主要業績：単著『中国近代小説の成立と写実』（京都大学学術出版会、2012）。論文「『先鋒派』における『文革』：蘇童の小説から」（『現代中国』76号、2002）、「明治期雑誌と魯迅の『スパルタの魂』」、（『20世紀中国社会システム』京都大学人文科学研究所、2009）、The Reception of Modern Biography in East Asia: How Washington's Biographies were translated?, *ZINBUN* No.45, Institute for Research in Humanities, Kyoto University, 2015.

歴史《れきし》の周縁《しゅうえん》から
先鋒派《せんぽうは》作家《さっか》格非《かくひ》・蘇童《そどう》・余華《よか》の小説論《しょうせつろん》

二〇一六年一一月一〇日　初版第一刷発行

著　者●森岡優紀
発行者●山田真史
発行所●株式会社東方書店
東京都千代田区神田神保町一―三〒一〇一―〇〇五一
電話〇三―三二九四―一〇〇一
営業電話〇三―三九三七―〇三〇〇
振替東京〇〇一四〇―四―一〇〇一
装　幀●クリエイティブ・コンセプト（松田晴夫）
印刷・製本●（株）ディグ

定価はカバーに表示してあります

ISBN978-4-497-21611-3　C3098

東方書店出版案内

莫言の文学とその精神　中国と語る講演集

莫言著／林敏潔編／藤井省三・林敏潔訳／講演集『用耳朵閲読（耳で読む）』より中国語圏での講演一九篇と東日本大震災後に書かれたエッセイ「破壊の中での省察」（『文藝春秋』二〇一二年三月号）などをあわせて二一篇収録。文学批評、作家としての矜持などを語る。

四六判四二四頁◎本体二四〇〇円＋税 978-4-497-21608-3

莫言の思想と文学　世界と語る講演集

莫言著／林敏潔編／藤井省三・林敏潔訳／講演集『用耳朵閲読』より海外での講演にノーベル賞授賞式での講演を加えた二三篇を翻訳収録。ユーモアを交えながら、莫言が自身の言葉で「莫言文学」のエッセンスを語る。

四六判二五六頁◎本体一八〇〇円＋税 978-4-497-21512-3

中国当代文学史

洪子誠著／岩佐昌暲・間ふさ子編訳／従来の評価にとらわれず独自の視点・評価基準で自由闊達に論述した中国文学研究の最高峰。巻末に二〇一二年までの年表、作家一覧、読書案内、人名・作品名・事項索引などを附す。

A５判七五二頁◎本体七〇〇〇円＋税 978-4-497-21309-9

台湾新文学史　上下

陳芳明著／下村作次郎・野間信幸・三木直大・垂水千恵・池上貞子訳／ポストコロニアル史観に立った「台湾新文学の時期区分」をもとに、台湾の新文学の複雑な発展状況をダイナミックに語る。

A５判四八〇頁・五六八頁◎本体各四五〇〇円＋税 978-4-497-21314-3/978-4-497-21315-0

東方書店出版案内

「文化漢奸」と呼ばれた男　万葉集を訳した銭稲孫の生涯

鄒双双著／日本占領下の北京で、万葉集などの翻訳紹介を行い、佐佐木信綱、谷崎潤一郎などとも交流の深かった銭稲孫は、戦後、「文化漢奸」として投獄された。本書では、銭稲孫の業績と生涯を再検討する。

Ａ５判二九六頁◎本体三〇〇〇円＋税 978-4-497-21404-1

上海モダニズム

鈴木将久著／中国文庫発行／東方書店発売／「西洋」を侵略者であり学ぶべき存在でもあるととらえていた近代中国の状況を踏まえ、上海におけるモダニズムの視点から「中国モダニズム文学」史を読み直す。

四六判三一二頁◎本体四〇〇〇円＋税978-4-497-21213-9

上海解放　夏衍自伝・終章

夏衍著／阿部幸夫編訳／一九四九年の上海での文教工作、文化・文芸界を震撼させた一大政治運動「武訓伝批判」の顛末などを綴った夏衍自伝の最終章。巻末に二六〇余名についての注釈「人物雑記」を収める。

四六判二四〇頁◎本体二五〇〇円＋税 978-4-497-21506-2

幻の重慶二流堂　日中戦争下の芸術家群像

阿部幸夫著／日中戦争下の臨時首都重慶で、夏衍・呉祖光・曹禺・老舎ら文化人が集ったサロン「二流堂」。抗戦下に華開いた文芸界の様相を活写する。戯曲解説・人名録・重慶文芸地図など関係資料を附す。

四六判二八八頁◎本体二四〇〇円＋税 978-4-497-21218-4